私人版本

徐海燕 著

北京时代华文书局

目 录

私意·女人的故事

私吃·自己的故事

序

项纯文

徐海燕先生捎来《私人版本》书稿初排清样，命我作序。我初以和海燕系安庆府同乡、安徽大学中文系七七级同窗、安徽出版总社编辑同事三重之谊，不敢拒却，复以微信中先读得两首她的新诗觉得水平很高而不敢应承，再以见到清样读完全稿后的惊喜叹佩而不敢提笔。这固然是因为她的谦卑性格从不露才，更是因为我当了几十年的编辑读到真正的好书稿时的必然的敬佩。

这种敬佩首先来自对她的书稿内容的个人化及方式的赞叹。《私忆·娘家的故事》写她的祖父、外祖父、父亲、母亲、太婆婆兼及全家，《私意 · 女人的故事》写她周围的女人们,《私吃 · 自己的故事》写她自己的生活和思想。这种内容一般多属于女人的家常叙事，比较容易成为寻常读物。但是她的目录不寻常的诗一般的句式排列照亮了读者的双眼，每一个题目都亮色光耀，引人入读，你几乎不要思考就会喜欢这些标题，想要去读标题之后的文章。三大部分从目录上就已经如三峰耸峙、三圃铺花，峻拔而繁丽。这种功夫，以我几十年编读百千种书稿的经验，非作者的高明和编辑的高明结合起来，一般不易骤得。

海燕以其美丽的文笔和长期的编辑经验（她长期担任安徽文艺出版社编审、副社长）作为素养，每篇的起名和全编的组织都深得其美，配图的精致又极好地映照了文意，一切按照美的方式去造就，这对自己和读者都是一种功德。

作为读者，首先感动于作者提供了一连串人生缱绻的故事。这些故事的主人公是她的亲长她的父母她的兄弟姐妹子侄她的同事朋友闺蜜，这实际上已经是我们绝大多数人实际生活的整个现实社会，因此每一个读者都从中看出了自己的相同相类或相反相异，而无论同异，在生命的本质上都是生活的真实。海燕提供的真实令人炫目到惊诧的地步。“好男人的故事——我的祖父”“凡尘之爱——父亲的故事”“爱不离——母亲的故事”“风烛一世——我的太婆婆”，这些普遍的故事从题目里就可以感受，符合我们每一个人对自己亲长的慎终追远，也符合我们生活的真实和心灵的真实。但是夹列其中的还有一篇“浪子无凭——外公的故事”，题文映照的真实立刻叫人震颤。我正好是在合肥这个无月的中秋节读到全稿的，海燕叙述的家族故事绵延百年，横贯“中国三千年未遇之大变局”中，古时未有今后难有的社会变迁的剧烈风暴偃倒了无数的王侯将相和庶民百姓，家是国的细胞，国是家的集体，百年故事既是家乘，又是国史。从海燕的叙述里我们真实地感知了这一个百年里两个家族的起落沉浮，如同感知我们各自的家，我们共同的国。不论我们的喜怒哀乐是何等的同异，我们的感知都会导向一个共果：这些故事是我们陌生的，更是我们熟悉的，我们不禁由衷地认同了我们的命运，认同了我们的家运和国运，于是我们心中明亮起来，想要往前面更好地走。

故事的关切不尽是由于人生、时代、家国的宏大主题感染了我们的共鸣，还由于日常普通的生活再现了我们的平凡。事实上，海燕的叙述真正是私人的版本，点点滴滴，琐琐细细，没有多少壮怀激烈、慷慨悲壮，她甚至绕开了社会和它的运动，只记录了家庭、朋友间的日常细故。这些细故容易让我们亲切，无论她的亲长们在那个远去了的时代里的所经所历所思所想看似多么遥远，但我们都觉得很近，因为作者本人在其中的叙述充满了我们共同身在的温润感，这种温润感化解了历史和现实、你们和我们、一家和大家、读者和作者之间的种种疏离，产生了随文而起的一系列的参与和共在的超感。

如果读者在《私忆・娘家的故事》里还有些交响激越的悲欢离合的俗世情怀不得不生，在《私意・女人的故事》里则会更多地享受作者和她的朋友闺蜜共同带给我们的欢乐的思想和雅洁的情趣，《私呓・自己的故事》又会引导我们对于日常、对于心灵、对于生存意义的哲学般的沉思，著作的逻辑和排版的逻辑这时候才彻底奉献出它的完美。

作为一个读者和一个编辑，我的眼光是欣赏与挑剔兼备的，但是海燕的作品让我不知不觉放弃了各种可能的挑剔，我被她叙说的人生和她的叙说文字深深地吸引。不但她的叙说感动了我，她的文字同样令我赞叹。文字既是言情言志的载具，也是情志所以具载者本身。海燕的文字有一种精准、温厚、雅丽的美，使得她写出的无论是文还是诗，都让人读起来敬肃而又轻松，是欣赏着的快乐。有时候这些文字又吐出一些幽默和合的味道，以致让我生出读她的文字读迟了的遗憾。我甚至几次试图在随手翻到的地方故意要改动她的词句，结果都觉得还是她的词句好。我也想举一些例子证明她的文字之美，但是挂漏之诮立刻让我主动放弃了这种想法。“序”的体例固然允许这样的举例，但是文字都是随文而生随文而起的，举例的个别与全文的意境差异反而不能让举例成为美的证明，还不如让读者自己在阅读中体会。

文无定格，美无固义。海燕的书无住无寄，无境而有境，无指而有指，声音哀乐，寻常而不寻常，性情思志，皆藻翰风雅。读后欢喜，记感以为序。

2016年9月20日于合肥

《私忆·娘家的故事》

摄影 | 张静

纵然一切都会消逝，

就让我们唱一首正在退潮的歌；

这一首之所以动人

是因为我们的存在。

让我们歌唱

与爱情和艺术一同消逝的东西

让我们唱得比瞬息的告别

更欢快些。

——里尔克《果园·36》

郭良 译

清明祭

就像在经过长长的沉闷的冬天，突然在清冽的初春空气中隐隐约约嗅到最初的夏天的味道，一种对季节更迭的欣喜、感动和感伤，直撞心胸。接到在电视台工作的五妹妹从QQ上发来的老照片，随着那一张张久违了的亲切的面孔在眼前一一浮现，我隐隐作痛地体验着那种复合的震撼滋味，像与迷失很久的亲人重新相见团聚一样，满心满怀都是委屈难过，真想勾住他们的手臂质询：这么长时间，你们到哪里去了啊！怎么现在突然出现啊！你们不要我们了吗？

是啊，已经过去了多久了！那些早

就沉落到无意识记忆暗沟里的点点滴滴，那些原以为已经烟消云散的音容笑貌，此时此刻，萦绕盘旋，袅袅升起，幻化成一幅幅画面，把我带回到我所经历的、我所耳闻的过往生活的日常情境之中去。我的太婆婆，我的外公外婆爷爷奶奶，我的亲人们，不管是我曾热爱的、曾憎恶的、曾依恋的、曾看不懂或不屑一顾的，他们的音容笑貌声腔口吻，慢慢地呈现在我的眼前，与照片上的面容一点点合而为一，五官精致、轮廓鲜明、性格饱满。随着夺眶而出的盈盈热泪，他们复活并附着到我的血液之中。我把他们紧紧拥抱在怀里。

倾听着自己汩汩流动的血液，伴随着怦怦的心律节拍，我尝试以我的身体为媒介，再次经历他们的经历；以现在的我的理解力和分析力，重新感受他们的选择，接受他们宿命的生活。

我原先只想在他们的照片上记录只言片语作为图注，凭吊我的所忆、所感、所想、所悟，但是我的心不允许，他们不允许。他们不愿意充当无关痛痒的角色、貌合神离的玩偶，不愿意停留在最熟悉的陌生人的行列。那么好吧，不再做敷衍塞责的事情，不再企图放弃他们，我将一一记录他们的故事，记录他们直接间接对我的关注、爱护、娇宠、影响。在此清明节将临之际，我当以文字为香烛，寄托我的深刻绵长的思念和默祷，以感恩的心告慰他们的在天之灵。

我们不会形同陌路，我的亲人，我深爱你们。

好男人的故事——我的祖父

我的祖父一辈子缔结过三次婚姻。无独有偶，我的外公一生也有过三次婚姻。可是，这是两个性致情好不同、行为做派迥异的男人，所以同样的三次婚姻，无论是形式、风格还是品质，却完全彻底的大相径庭。

祖父的三次婚姻就像鸳鸯蝴蝶派的戏剧，走的套路是：清白人家、两情相悦、生命无常、生离死别、续弦妹妹、再建爱巢、世事轮回、不幸双至……

总之，我的祖父的故事，是一个好男人的故事。好男人的故事，一般都比较简单，比较平直，比较乏味；有钟情没有猎艳、有规矩没有迷乱，理智大于情感、责任决定选择；正正直直、勤勤恳恳一辈子，生活的港湾，即使有稍许涟漪，也是波澜不惊的。

不过，每个时代有每个时代的风情；每一个家庭，有独属于自己的渊源。因此，今天回顾起来，反而领略到了旧时的静穆和清婉。就像日落时分站立在海边，看见夕阳把海面浸染成酒红色、锡金色，那样美丽、那样短暂，无可替代、无法挽回，因此莫名怅惘一样。此刻，我坐在电脑前，缅怀他们，音乐之声从我的心头升起，满怀的温情在纸上、在指尖的跳动之中荡漾弥漫……莫名感伤感动。

1. 祖父 徐温谅

我的祖父，徐温谅（图 1），是一个邮政局的职员。当时，邮政局里送信的职工叫邮差，职员称邮务员。像现在的职称一样，职员也要划分等级，我的祖父学校毕业就是乙等，约 30 大洋一个月。虽说收入尚可，但是，家庭负担很重。祖父的父亲，亦即我的曾祖，在我祖父出生后不久便去世了，家里除了老母在堂，还有两个弟弟和一个妹妹。所以身为长子的他，赚钱养家是天经地义的责任（中国文化哺育下的人伦道德观，非常美好，以致我对家庭责任感超强的男人充满敬仰和爱慕）。祖父的一个弟弟到武汉去做了学徒，学商业；另一个弟弟在安徽大学攻读法律，妹妹在安庆的女子职业学校读书。祖父收入虽然不少，可是要供养这么些人，开支也相当大，所以也只能过一般的生活。

祖父的原配夫人，叫陶继英（图 2），是安庆一户殷实人家的大小姐，因爱慕祖父的少年持重、俊朗温厚，与祖父缔结良缘。可是红颜薄命，恩爱夫妻不得白头，结婚后不久，祖母就因为肺病不治而去世，遗下当时尚只岁余的我的父亲徐良知。（图 3，4）

祖父当然是痛不欲生、心灰意冷的了。家也无心打理，小孩子也照顾不周，只是一头扎

2. 祖父祖母的结婚照

3. 祖父徐温谅、祖母陶继英、周岁的父亲和陶家外婆

4. 祖母去世后，孤独的祖父独自带着年幼的父亲

在工作上。看看实在不像正常过日子的样子，陶家外婆将外孙接到自己家里。于是我的父亲便暂住到了外婆家。

外婆有三个女儿。两个小姨对姐姐遗下的粉妆玉琢的儿子是又疼又爱、百般呵护。尤其是二姨陶淑英，因为与姐姐年岁相近，更是把这个外甥看得像命一样重。因为外婆很爱外孙，又很器重我祖父，觉得他鳏居两年不论婚娶，是对亡妻的怀念，是对儿子的负责，心下很是感慨。她大约也看出了淑英对姐夫的情怀吧？开通的老人家亲自做主，让二女儿填房，和祖父结婚。结婚之后，祖父将新婚妻子接到自己任邮政局局长的太湖县。（图5，6，7）

大概在我父亲三四岁的时候，二姨也染上了肺结核（当时的不治之症，唯一有效的药是进口的盘尼西林），晴天霹雳再次当顶降临到祖父头上。命运捉弄，生命在相爱的手心里渐渐冷却，祖父再一次经历生死两茫茫的轮回。

陶家外婆伤心欲绝，老泪纵横向我祖父泣诉："我陶家三个如花似玉的女儿，两个葬送在你身边。你再伤心、再优秀、再怎么样，我也是无能为力的了。陶徐两家，缘分如此，不可强求。姻缘一事，你当好自为之！良知就放在我身边带，一解你后顾之忧，二我也不舍得这个苦命的孩子，三，他也是我的一个念想！你看可好？"

一家人抱头痛哭不止，祖父当场给丈母娘跪下，谢她老人家的慈悲怜悯。

自此我父亲便寄养在了陶家，并且正式改名为徐寄陶——以纪念自己的两位母亲，铭记陶家外婆的恩典。三姨当时年龄尚轻，在安徽大学

5　6　5. 年幼的父亲与疼爱他的二姨
6. 祖父与二姨奶奶陶淑英缔结连理
7　7. 祖父一家三口 1932 年的全家福

读书，1937 年抗战全面爆发之后，学生们整体随学校转移去了重庆，随后又随着潮流去了台湾，三姨也便永远再没有进入我父亲的生活。

二姨去世以后的第五个年头，到了 1939 年之后，经亲戚介绍，祖父认识了一个旧式家庭出身的蒋姓姑娘。蒋家是旧式生意人，女孩儿不读书但颇会持家，能干勤快又生得端庄，本来听说要做续弦心里是不情愿的，但是见到我祖父的面，就喜欢上这个面目清朗、气质温文的男子。两家交往一段时间之后，蒋家小姐对应允婚事提出了三个条件：第一，她要掌管钥匙，就是说嫁过门来她要管家；第二，要把前面过世姐姐的儿子从陶家接回来，父子母子夫妻要全家团圆；第三，她会视儿子为己出，儿子要叫她母亲。

陶家外婆知道了这些，周密安排一番，偷偷去看了她的面相。老人家回来对我祖父讲："这女孩儿不知书而达理，面目端庄，性格爽利，不是气量狭小之人，寄陶交给她，我也放心。"于是，祖父在与蒋慧君小姐结婚之前，把我父亲接回了自己的家。由于蒋慧君与我父亲没有血缘关系，祖父一再训诫我父亲："跟你父亲正式结婚成为夫妻的女人，就是你的母亲！你要像对亲生母亲一样尊重她，听她的话。要叫她妈妈。"此时，父亲在陶家已经生活了近八年。

不知是祖父的话对父亲起了作用，还是因为蒋氏祖母对我父亲的爱，我的父亲对她非常爱戴和尊重。父亲小时候，多灾多病。蒋氏祖母为他求神祈祷，为他戒吃牛肉，点点滴滴，关爱备至。1938 年全国抗战普遍展开，祖父收到邮局的指令，沦陷区所有邮局撤往上海，家属一并安排到暂时没被占领的农村——安庆怀宁宏镇——去避难。祖父除了安置了自己家小外，还一并安排了祖母以及陶家家人。父亲一向是个少爷脾气，在日本侵略期间，还认为自己是小少爷，不是个难民。一次和房东家的二儿子吵架，理亏，吵不过人家，便要赖说要掀翻他家晒稻谷的匾筐。还有一次，也是和小朋友吵架，把别人推到了粪坑里。父亲犯的所有大大小小的错，都是祖母领着他一处处赔情赔礼，也并没有责罚父亲。自八岁以后，我的父亲从外祖母家回到自己的家之后，一直在继母的关爱激励下学习和生活。

父亲从小没有得到过母爱，前两任母亲相继去世的时候他还太小，所以小小八岁男童终于接收到出自年轻女性的母爱的时候，那份真切和温暖，贯穿了他漫长的一生。所以父亲一辈子对女人都温厚宽容，宠爱有加。（图 8，9，10，11）

祖母蒋慧君虽读书不多，但为人善良宽厚，是名副其实的贤妻良母。识大体，顾大局，相夫教子尽职尽力。那时家中共有六个孩子，父亲虽不是她亲生的，但是对他疼爱有加，视为己出，母子相处融洽，感情深厚。家中有好吃的总是首先给长子和唯一的女儿吃，然后才轮到分配给其他的几个孩子。几个弟弟也习以为常。在父母的言传身教下，兄妹们对大哥非常尊敬喜欢，愿意听从大哥的教导。兄弟姊妹一辈子亲爱和睦。

青年时期，父亲有多样爱好，在学校里担任文体委员，组织学校里的各项活动。尤其喜欢美术（素描）、音乐（小提琴、二胡、笛子、箫）和唱歌（图 12），是个多才多艺的翩翩少年。临近解放，解放军招收文工团团员，他和几个朋友去报考并且都考取了，但是遭到家里坚决反对（尤其是祖母），不单文工团没去成，连 1949 年推迟的暑假招生也没去成。没参军，没考大学（家里怕时局不稳），父亲在小学做过音乐教师，在

8 9 8. 祖父与蒋慧君奶奶缔结连理
9. 祖父祖母携孩子们陪徐太夫人
10 11 10. 蒋慧君奶奶带着已成年的父亲以及她亲生的儿女，我们的二叔、小姑和小叔
11. 父亲与弟弟妹妹们

安庆市文化馆任过宣传干事，抽调到市委宣传部工作并参与创建了安庆市话剧团、安庆市有线广播电台。

1951 年全国大学招考，《人民日报》发表社论，欢迎在职干部参加高考，要求全国各地全力支持。祖母对父亲的学业非常关心，我父亲就去申请报考，可是单位领导不予批准，告诉他现在正是用人之际，可以重用，可以提拔，就是不会在介绍信上盖章。父亲年轻气盛，偷偷报考了淮南工专（今合肥工业大学前身），被录取后居然不辞而别就去学校上课了。馆长非常生气，派员要把父亲从学校带回安庆。这种特殊情况，学校也不好处理，最后仁至义尽，一方面劝退，一方面为我父亲保留了一年学籍，承诺如果单位同意来年可以免试继续入读。

12. 多才多艺的父亲

一年之后，文化馆仍然不肯放行。那个年代，组织决定是必须服从的，父亲从此放弃了读大学的念头。父亲聪明好学，结果考上了却不给去念，祖母一直为此痛悔不已。

当我父亲禀告家里要把自己自由恋爱的对象带回家给父母过目的时候，我的祖母极其详尽地询问了女方的家世人品。他们听说女方的父亲因为历史问题正在劳役，眉头就锁了起来；当他们听说我外公曾结三次婚，眉头就锁得更紧了。

13. 父母的结婚照

家里的气氛冷到了冰点，父亲的情绪也滑到了冰点。他也不力争也不抗辩，只是无情无绪无精打采。才不过三五天祖母就不忍心了，她叫父亲把女方的生辰八字要过来说她要看看，其实她是拿到外面请人算了一下，说要看看女孩的命到底硬不硬，是帮夫还是克夫。祖母说，她出嫁的时候就请人算过，知道对方命里注定三个夫人才会到头，而她已经是第三任太太，所以才决定嫁。她也给我父亲算过，听说也要三个夫人才会到头。她虽然很吃惊这种巧合，悲伤儿子将来生活蹉跎、情感坎坷，但是好在可以娶三任太太，至少表明了可以长命百岁。所以她一定要知道我母亲命定不会克夫，两人命相必须不犯冲才行。算过之后她老人家放了心，就以自身为例去说服我祖父。其实祖父对这些本来就是不在意的，因为看祖母不乐意才不便应允，现在既然祖母松了口，他也就顺水推舟说一切随你。祖母看到我母亲长得那么周正俏丽，自然满心欢喜，笑盈盈地忙前忙后，至于“三个夫人才能到头”的话，早被她丢到一边去了：只要儿子不被“妨”，别人家女儿生命的长与短，她一个妇道人家可就顾不上了。（图 13）

父亲亲事的顺利缔结，既表明我父亲母亲姻缘天定，更承恩于祖父的开明：因为女方家庭背景比较复杂，政治身份不好，对父亲的政治前途肯定有阻碍；况且女方家累较重，婚后生活肯定不可能优渥。但这些并不被我的祖父祖母特别在意。谁教儿子看中了呢？！

祖父母快乐地忙碌起来。祖父为儿子置办了当时最新潮的成套家具，有近一米宽两米长的大书桌、带古典西风的曲侧面雕花梳妆台、带翻板的大饭桌，还有钢构一米八带蚊帐架的西式大床。所有木制家具都是实木的，好重好重，最难得是桌子椅子凳子柜子的台面全是整板不带一点拼接的（想想，每一件的直径都得是那树的直径，那得多么古老的树啊）。祖父的意思，能多给就多给，不用婚后费神添置。祖母更舍得也想得更周到，连一般由女方陪嫁的被褥包裹，她老人家都一一置办了。

一九五二年初搞“三反”“五反”运动，祖父曾被打成“老虎”关起来，最后查明他是清白的，被放出来后还补发了关押期间的工资。祖父被放出来，家里人说他还养胖了，他乐观地说，“我坚信共产党的政策不会放过一个坏人，也绝不会冤枉一个好人”。此后，祖父更加无私忘我地工作。

我父亲要结婚的时候，安徽省省会确定从安庆迁到合肥。省电信局当然也要随之迁移。由于我的父亲已经工作，不能随祖父一同到合肥，所以我们老徐家长房这一支就留在了安庆（因此我才是安庆人）。母亲很感恩，结婚第二年就怀孕，生了我哥之后，又一连串为老徐家生了四个丫头，把祖父母乐得合不拢嘴。

祖父祖母带着我的二叔、小姑、小叔自此离开了安庆。

14. 祖父的四个子女：我的父亲徐良知（前右）、二叔徐良佐（前左）、小姑徐良玉（后左）、小叔徐良诚（后右）

祖父到了省会合肥后就任安徽省邮电管理局供应处的经济师。供应处的经济师，每年都要去北京、上海开计划供应会，手里掌握着各种紧缺物资，但他一生公私分明，七十年代儿女们结婚想买点三合板、纤维板打五斗柜，祖父都说不能开这个口子，让他们到外面去买，结果所需材料全部从外面买的，连一个螺丝钉也不例外。一是工作需要，二是单位舍不得让他退下来，祖父将近七十岁高龄仍然早出晚归忙碌工作。我永远记得祖父拎着一个用了多年的黑色皮公文包上下班的样子。

祖父以身作则，廉洁修身，廉洁齐家，他的儿女们也个个品行端正，学业有成，各自过着他们平安和睦的家庭生活，开枝散叶，开花结果，白头偕老。（图 14，15）

15. 三代同堂的全家福

前排左起：作者、四妹徐海聂、五妹徐海岩、三妹徐海琳

中排左起：母亲、二婶马宝华、祖母、小姑徐良玉、表姨王晓荷

后排左起：父亲、哥哥徐海程、小叔徐良诚、祖父、姑父张德群

浪子无凭——外公的故事

我的外公和我的祖父一辈子都缔结过三次婚姻。有趣的是，他们的人生经历除了这个相似之外，还有不少相似的细节。比如，他们不仅都有过三次婚姻，而且结发之妻和第二任太太都是亲姊妹；他俩不仅都是风华少年顶门立户，而且都承担大房的责任——赡养家族的各房子侄。这样雷同的情境，在现代生活中本来并不多见，加上他们因儿女联姻而成为亲家，由此走进同一个视野，这个机缘就显得有些戏剧性了。

可是，如我以前所说："这是两个性致情好不同、行为做派迥异的男人，所以同样的三次婚姻，无论是形式、风格还是品质，却完全彻底的大相径庭。"

我的祖父，是典型的好男人，而外公，呵呵，即使是我，也只能说显然不能算是。

当然也不能说我外公就是个坏男人（我母亲看过我写祖父的文章《好男人的故事》之后，专门打电话向我询问写外公的文章的题目），但我认为他至少算得是个浪子。想他当年，青年才俊，风花水月，却落得晚境凄凉，无所凭依，虽然与历史变迁、时事更迭有根本的直接关系，但是与他个人的品行个性，也有一定的干系。

个人理解：所谓浪子，是指那些有些资本，有些身家，堪称俊朗，堪称倜傥，既有女人缘，又四处留情的不长情的男人。

这种男人是女人的克星。爱你的时候，他是真挚的，热烈的，温柔体贴的，有的时候甚至相当忘我；可一旦到了移情的阶段，他又可以做到极度决绝——说变能够面目全非，说断能够人间蒸发，让女人们产生昨天的伊甸园今天一眨眼就变成了江湖的错愕感。江湖是什么地方？是尔虞我诈、弱肉强食、腥风血雨的场所啊，岂是弱女子可以立足的地方？再聪慧、干练、精明、好强的女人，一旦钟情，无一不成为弱女子，而男人，就成为江湖。一旦沦陷江湖，没有一个女人不是遍体鳞伤的。

但是，被称为浪子的男人，人性中总还存有一念之仁让他们有别于恶棍或者流氓。有再多的不是，在感情上，他们也不至于阴损到赶尽杀绝；该担当的责任他们并不推卸，虽然承担的方式与女人们的期望大相径庭。

就这一点点善良和迁就，使得多少女人对浪子是又痛又恨又爱又怜，以致自始至终纠缠不休，牵扯牵绊割舍不了，糊涂一世，断送一生。

1. 外公吴守椿

我外公名讳吴守椿（图1），民国元年出生，属牛。他的父亲原先靠跑单帮过活，后来在安庆四牌楼开了丝绸店做丝绸生意，和安庆黄姓姑娘结了婚，生了两儿两女，外公是老大。

安庆是一个小城，也是一个老城。近百年来，老城大小火灾不断，其中最让居民们铭心刻骨的，是清宣统二年（1910）、民国十五年（1926）、民国二十四年（1935）和1954年这几次。

据现存资料记载：1910年，老城繁华街道三牌楼（人民路吕八街到四牌楼一带）发生火灾，正好遇强劲东北风，火势无法扑救，借风力迅速蔓延，烧了三牌楼接着烧了四牌楼，最后烧到小墨子巷口才被扑灭。“清王朝暮年的这场大火，烧得悲壮烧得惨烈，老街密密匝匝数百家百年商号和深宅老院，都被这场火烧成一片焦土。朗朗月光下，黑色废墟上青烟淡淡缭绕，受害妇孺哭天抢地，其情其景不忍目睹。”

不知道是不是因为1910年的这一次火灾改变了外公既定的商号小老板的生活道路。听老人们说，外公家隔壁是一家叫梁永和的茶叶庄，因为走水两次，连带丝绸店一再烧毁，从此生意颓败，家道中落。外公读到初中的那一次火灾，更是彻底断了全家的生活来源。因为学习无法继续，受外公的舅舅汤池县令介绍，外公报考了无线电学校，毕业以后分到国民党部队电台工作。外公聪明又肯钻研，技能高超，再恶劣的天气，再难发的电报，他从来都能按时完成既定任务，所以从报务员一路升职直到担任台长。

2. 外婆江德华

外公十八岁时便和小他一岁的外婆成了亲。外婆名叫江德华，原在女子学校念书，是外公的原配夫人（图2）。

外婆属于《红楼梦》里呆木头二小姐迎春一类的人物。一辈子好性儿的她，识文断字却手不能提肩不能挑、横草不拈竖草不拿，家里迎来送往、金钱钥匙的事她从来不操心，只要有戏听、有牌九打，她就可以睁着眼睛做她的白日梦。所以，下人们也不拿家事烦扰她，大小事情，就向她的母亲、我的太婆婆寻求示下。

外婆在生我母亲之前曾有过三个孩子。老大乳名叫小椿子，两岁的时候病死了。老二不久也死了，死因不清楚。老三是喂奶的时候闷死的。所以怀孕，对我外婆而言，是一件很紧张的事情。外婆怀上我母亲的时候，曾夜做一梦，梦见一个白胡子老人告诉她“七子方存”。外婆梦醒之后大汗淋漓，赶紧把梦境告诉了她的母亲。太婆婆中年守寡,极有决断,打定主意依照梦兆,给腹中的胎儿,无论男女,小名定为“小七子”。说来奇异,我母亲腊月十六在安徽泗县出生,果然顺利降世,健康美丽,无病无灾。

外公是职业军人,是国民党侦察台台长,中校军衔;又是京剧票友。因为钟爱京剧,在立煌县当电台台长期间,自己创办了一个京剧团安庆班,由他一人出资供养。据《安庆旧影》称:“民国十六年(1927)以后,剧院纷起,电影少而旧剧多,旧剧多为京剧。”“1934年安庆成立了‘国剧研究社’,在钱牌楼‘世界大戏院’演出京剧;民国三十五年(1946)班主吴守椿又组织安庆班演唱京剧,基本演员有后来成为黄梅戏表演艺术家的王少舫和其妹王少梅等三十多人,1951年正式改为安庆市京剧团至今。”(见《黄梅戏艺术》1996第二期,由安庆市黄梅戏研究所集体讨论、杨宣祥执笔的《安庆——戏曲之乡》一文。)

抗日以后,剧团迁到安庆,又从立煌县带了几个不错的演员过来,有张若斌弟兄、刘燕霞姐妹,还到上海请了角。团址就在安庆的老人民剧院。

在办剧团期间,外公与人合资开办了大华饭店。说是合伙人,我母亲却从来没有见过那人。外公供养自己的弟妹三家,还赡养了岳母和妻妹。在母亲的印象中,一大家各房族人住在饭店里,就像是住在自己家里一样。

外婆生了母亲就跑日本鬼子反,因为产后惊风,从此不再生育。外公一直在外面寻花问柳,动静还不小。外婆呢,是只要看不见就当不存在。可急坏了旁观的太婆婆。太婆婆早年丧夫亡子,带着小女儿跟着大女儿、大女婿生活。女婿就是全家的依靠。她很是明白,这种稳定和睦的家庭生活一定会随着其他女人的介入而被打破平衡。于是她千方百计撺掇小女儿去对姐夫好。外公对比自己小十七岁的小姨子也很有感情，百般怜爱，但是那时候小姨婆年龄尚幼，外婆不同意把妹妹娶进门来，外公也就不提，一方面一直把她当作妹妹呵护有加，一方面继续招蜂引蝶。太婆婆对此也只能听之任之，她所能做的，只是在大家庭各门各房中，一方面庇护自己的儿女，一方面勉力维持家政劳作。

一直到母亲读初三的时候，大华饭店里住进一批国民党海军，一个叫刘珩的军官，与小姨婆一见钟情。两人似乎就谈上了。面对这种情景，太婆婆、外公和外婆这才同时发现，小姨婆已经悄悄然陡然长成，出水芙蓉一般亭亭玉立了。（图 3）

3. 水葱似的少女——年轻的小姨婆

由于家里反对，部队开拔之后，刘珩虽然和小姨婆保持着联系，但是所有信件已经不能直接寄到饭店里来了。在他们艰难曲线通信的过程之中，外公已经在岳母的支持下，紧锣密鼓地筹划将小姨婆收房。

小姨婆心有所依，自然是不愿意的。可是，哭也无益，说也无益，亲情像一堵软钢墙，她的抗拒完全不能着力。好在天可怜见，也不知道靠了谁的帮助，柔弱如她，竟然悄没声息地离家出走只身到了上海，居然一举中的考进了上海电影制片厂。

外婆自然是着急万分,可她总是安静的。太婆婆却是焦虑不可抑制，又哭又闹，逼着外公外婆把小姨婆找回来！家里乱成了一锅粥，使我母亲非常害怕，因为她是全家唯一知道事情始末的人。我母亲和小姨婆只相差几岁，她们的感情亦姨甥亦姊妹，母亲是小姨婆与这个家庭的唯一联系。母亲自然知道小姨的行踪，年轻女子对爱情的追求使她在愧对爸爸妈妈和不辜负小姨婆的信任之间毫不犹豫选择了后者，虽然一到太婆婆开哭，母亲的小粉拳就汗涔涔一个劲出水。（图 4）

直到有一次，小姨给母亲的一封信让外婆发现了，最终导致事情发生逆转。母亲当时年龄小，经不住外婆泪水涔涔软语哄逼，在亲情的哀请和“告诉你爸爸去”的恫吓之下，母亲脱口说出了小姨的行踪。于是外婆迅速收拾停当独赴上海，把小姨从上海接了回来。（图 5）

我想我外公应该是很喜欢小姨婆的。在外公和小姨婆成婚不久，1946 年，吴家大公子——我的舅舅小八子就诞生了。可是，在小姨婆还没有生的时候，外公在外面已经和一个京剧武旦演员霞姑同居，相隔不久，也生了一个儿子小名小铁，比小八子只小一岁。风流倜傥的外公为了给霞姑一个名分，在他四十岁的时候又娶了比他小十五岁的霞姑（图 6)。

一夫多妻社会，世事就是这样，对这个女人的呵护就意味着对另个女人的辜负。不知道是对外公失望，还是从来就没有指望过他的爱情，受过新教育、见过大世面的小姨婆在生过儿子之后一直郁郁寡欢，不到

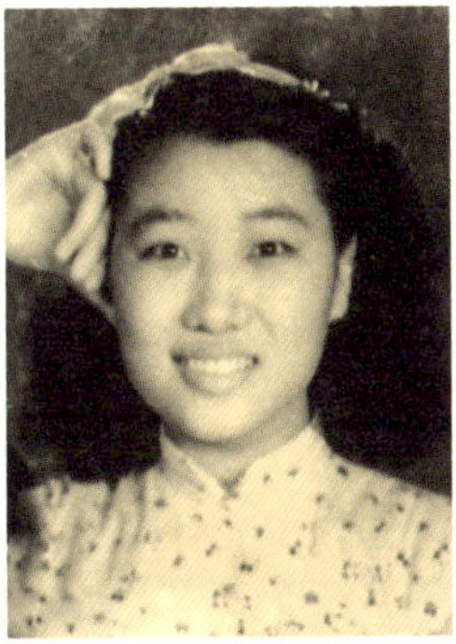

4
5
6

4. 亦姨甥亦闺蜜，母亲（左一）与小姨婆（前中）和她的闺蜜们
5. 小姨婆的脸上也曾有过这样无忧无虑的笑容
6. 霞姑（沈奶奶沈云霞）

7. 母亲与小八子（大舅吴逸之）

两年就患肺痨去世了。她生命的枯萎加重了她姐姐的负疚感。自此，我外婆把小姨婆的儿子视同已出，一手养大。我的大舅与我母亲不是同天同地、一奶同胞的弟弟，这个秘密，我们和大舅都是在二十世纪七十年代后期才知道（图 7）。

大约在 1947 年，由于电台竞争，有人告了外公，说他办剧团、开饭店、搞电台，精力涣散，公私不清，对事业不利。外公一气提出辞呈离开了电台，自此脱离了国民党部队。退役之后的外公如鱼得水，一门心思打理剧团，唱戏演戏。

我听外公说过，外公离开电台后曾有人邀请他参加共产党的地下活动。因为在这边不得意，外公也曾认真想过过去，但因为对共产和家庭安全的忧虑，他最后还是婉辞谢绝了。如果那个时候外公当真参加了解放军的地下电台，他的历史和母亲家的历史，可就都要改写了。

据我母亲说，新中国成立前安庆最高的楼是五层，是西班牙天主教会办的崇文中学收购的传教士的办公场所。大华饭店是个三层洋房，沿江一带当时属它最高。由于地势显眼，装修设施又好，所以生意一直很兴旺。饭店的后院是个大花园，青砖铺就的中路，东西各有两排厢房。东厢是厨房储物间，前后种满栀子花；西厢是休息室，头进更衣；再里面是六个小浴池。

新中国成立后，国家接收了剧团。经历镇反、肃反，外公因为曾有国民党中校军衔被判为历史反革命，判刑七年。外公劳改之后，大华饭店被没收了。店楼被充公，只留浴室和厕所给家人自用。树倒猢狲散，母亲的二叔二婶带着奶奶自立门户；紧接着，姑姑姑父也另找房子搬出去自谋生计；霞姑本来就带着儿子住在外面，原先的家，只剩下基本没有生存能力的老幼孤寡——太婆婆、外婆带着孩子们，两眼迷茫、心事重重，不知道怎么对付今后的漫漫时光。（图 8）

8. 中年时的外公

财产没收之后，外婆在门口摆个小茶水摊，只能赚点零钱，全家基本靠典当过活。想不出什么长久之计，只能走一步算一步。中国的老百姓真是生性最善良最朴素的。谁也没想到，在最艰难的时候，实实在在帮助他们的人，竟然是当初在大华饭店收理泔水粪便的农村人。他们是粗人，现在和饭店也没有任何瓜葛，可他们就是觉得吴家大娘子人好、孤儿寡母们可怜，所以不管什么风云变幻，仍旧时常送些米菜接济。

世事变迁，我母亲已经不是当年那个为给自己的母亲和小姨争口气进门出门摔门踢石子摆脸色给霞姑看的吴家大小姐了，她感受了家道中落的艰辛。母亲南京水利专科学校毕业后被保送南京水利学院，可是因为食宿书本费用自理，家里实在没有钱，当时她已经和我父亲谈恋爱，于是写信给我父亲问能不能资助。时逢“三反”“五反”,祖父被打成“老虎”，也没有了收入。父亲就给母亲写信，告知她因为祖父隔离之后需要父亲的工资供养他的后母蒋慧君、两个弟弟和一个妹妹，所以暂时无法资助母亲上学。没有办法，1952 年，我母亲中断学业出来工作，在新市路小学当老师，之后不久与我父亲结了婚。我父亲也算痴心绝对，压力传递，自结婚之日起，他就成了五口之家的户主——除新婚小夫妻之外，我父亲既要奉养他的岳母我的外婆，还要伺养外婆的母亲太婆婆以及自己的小舅子。

一个人，只要生性豁达，一辈子除了大难来时不得不暂时随遇而安之外，但凡稍有机缘，总是能风生水起。那时候，外公已经减刑，在农场监管劳动，后来调到安徽省第一监狱，还在监狱里创办了合肥新生棉织厂京剧团，担任导演，排本戏，月工资五十多块钱。母亲总说，那时候社会生活水平很低，猪肉八毛钱一斤，东海香烟两毛八一包,八块钱就够一个人一个月的生活。一般的职员月工资只有三十多元，并且多年不变。我的外公，丈母老婆儿子自有女婿代养，五十多块钱自赚自花，自得其乐，风流不减当年。霞姑去探望外公，回来就怀了孕，1954 年又为外公生了个女儿。外公自然是喜出望外得了个宝贝，我母亲却有点啼笑皆非，因为我小姨和我大哥同年。（图 9）

新中国是一夫一妻制，1955 年，政府清理旧社会遗毒，一夫多妻

9. 外公与他三房太太所生的三个儿女：母亲（怀中是我的四妹）、大舅吴逸之、外公、小舅吴俊之

家庭，都要遵守国家政策，重新处理家庭关系。霞姑便和外公谈及此事。按霞姑的推想，自己年轻美貌，一双儿女年龄尚幼，外公一定会选择留在她的身边。可男人的心思与女人往往南辕北辙。外公说：若要离婚我只能和你离，不说德华是我的原配，就为了她姐妹两人都跟了我，丈母娘又没了儿子，我也不能辜负她们。霞姑个性刚烈，含着眼泪，不再央求，恨恨地骂：那你就辜负我们娘儿仨？！

之后，霞姑带着小姨和小舅速速改嫁了剧团里一直默默爱她的司鼓佬，并把孩子们改姓沈。恨屋及乌，也可能是生活所迫，霞姑对自己的儿女相当冷淡粗粝。小舅九岁时进了省京剧团从此自食其力，小姨因为年纪小，被安排到南京的沈家外婆家，将近十岁才上了小学一年级，母女俩一年也难得见上几面。后来外公把小姨接到了自己身边。

10. 外公与小舅吴俊之、小姨吴丽芝

薄幸人自有薄幸命。1965 年“四清”运动开展至城市，外公所在的新生京剧团解散，他失去了工作也失去了生活来源，只好颠沛回到安庆。外公出来之后，没有工作，在朋友的帮助下，找到了一份在安庆市第三建筑公司做砸碎石子的临时工作，把家安在安庆六中斜对面的宣家花园里，把外婆也接了过去。据说宣家花园过去很漂亮，但我外公居住的时候已经是个大杂院了。对外公进去出来下场如何，吴大小姐一直缄口不言，讳莫如深。安庆话剧团的同事们对此也都一无所知。

不久，“文化大革命”开始，小姨失学了，总共才上了小学三年级。（图 10）

我对外公的记忆是从我上初中开始的。六中离我外公家很近，上学放学，我都要从外公家门前经过。

那是一个小小的院落，一个窄窄的门廊进去有个天井，拥挤地住着好几户人家。即使阳光非常明艳的日子，院子里也非常阴凉阴暗。

生活一困难，外婆的茶水摊便又摆了出来，门口一张六十厘米长宽的小木桌上，整整齐齐地摆着八只白色的粗瓷碗，碗里盛着清亮的凉茶，上面用裁成正方形的玻璃片盖着。外婆坐在桌子旁边，手里轻轻摇着蒲扇，抿着嘴笑眯眯地旁观街上来来往往的人，一副无可无不可的样子，安安心心地等着客人上前。

我很喜欢到外公家去。除了有凉茶可喝有炒黄豆可吃以外，院子的堂屋中间，还有很大的一摊子色彩斑斓的半成品火柴盒子可以做手工。我喜欢这件活儿，把它当作我们的课外活动和娱乐活动。我和我们班的两个好朋友经常来外公家里比赛谁糊得又好又快，只觉得好玩，并不明白其中的艰辛，更不知道外公外婆是靠着卖茶水和糊火柴盒的计件零钱维持生计。（图 11）

那个时候我还是蛮喜欢我外公的。因为我乖，嗓子也好，在几个外孙女当中外公最喜欢我。有时候外公带着小姨从建筑工地回来，清洁头脸，换过衣服，喝过吃过，碰到我还没回自己家去，就让我坐在他的腿上，说笑话唱京剧给我听，还教我随拍子唱戏。外公嗓音虽嫌沙哑，但演唱富有感情，挺拔苍劲，当时我心智初开，只觉得动情却并不觉得好听，也并不知道京剧唱腔里还有个麒派，就是以这种酣畅朴直、苍劲浑厚的唱功见长。

外公用他砸石子磨得满是老茧的右手轻轻拍着锣鼓点，自己唱一句，叫我学一句。直到今天，我还会《李逵负荆》中那段“俺李逵，做事呃，太呀啊，莽——撞……”中的几句；偶尔想起外公的时候，我嘴里就有腔有板地哼：“砍倒了杏黄旗，我大闹那忠义堂；真宋江，假宋江，真假宋江难免俺李逵活遭殃！身背着荆杖，我把忠义堂来上……羞愧难啊当！跪一呀旁……”眼前就出现当时模糊泛黄的画面。

11. 外公外婆与小姨、大舅（大舅怀里抱着的是我的五妹）

1969年，外公又因历史问题被勒令下放了。太婆婆年事已高，留在我妈妈身边照顾。此时大舅吴逸之已经在安徽省艺校毕业，分配在宿松县工作，外公就携妻携女投奔了儿子。起初外公外婆和舅舅舅妈带着小姨一起过，直到红表妹出生，小姨出嫁，外公不放心小姨下嫁受苦，跟了小姨过去帮她照料家庭。外婆依旧留在舅舅家。三位老人自此便由我母亲、大舅、小姨分别奉养，直至天年。

12　12. 老年的外婆

13　13. 中年的外公

我最记得的一件事，就是外婆对外公的依恋。那时候，我和哥哥在外地读大学，我妈妈和大妹每个月一拿工资就分别给外婆寄钱。妈妈寄十到五元不等，大妹固定五元。那时候在农村，外婆每个月能拿十几块钱是周围乡亲非常羡慕的事情。每次到拿到钱的第二天，外婆总是悠悠然搭上从长铺到县城的班车，中途在马塘下车，步行三四里地，去小姨家看望外公。流连个一两天回来，身上便是分文全无。我舅妈对此很不高兴，经常冷言冷语。外婆既不解释，也不纠结，依旧月跑月光。（图12，13）

我对外婆是怒其不争。那时候我稍解人事，认为外公绝对算是寡情薄幸浪子，对外婆，既不守一，又不负责，还自私自利到算计外婆的

14. 老年的外公

体己钱。而外婆呢，该生气的不生气不说，还巴巴地往他跟前凑。所以，我把对外婆的气恼转移为对外公的冷冷的不屑，见面一直不怎么搭理他，更别说亲热了。

现在想来，当时的我们是多么朴拙浅薄啊！外公一辈子浪迹江湖，供人吃喝依靠，自己靠山山崩、靠水水流，无所凭借，无所依附。晚境凄凉到仅剩老妻爱怜，还要不堪地被孙辈们耻笑，想想肯定心寒得很（图 14）。1980 年，在外婆去世后不到一年，外公便在小姨家撒手人寰。那天小姨下地干活去了，外公咽气的时候孤零零的身边没有一个亲人。我时常想，外公伶仃离世的那一时刻，内心该是多么凄惶迷惑……

母亲一直非常遗憾，因为政治运动不断，外公年轻时候的照片一张都没有留下来。年轻时候照相，外公大多是穿军装或者西装，“文革”期间，那些都属于“封资修”内容，加上历史问题，留了还可能成为罪证，所以全部销毁了。因此我在写文章的时候，到处找不到外公四十岁以前的照片。非常遗憾。

外公一生娶了三个女人，不知道这三个女人当中，他最喜欢的是谁？真正爱的又是谁？去世之后，小姨收拾外公的遗物，从外公的箱底找出两张小姨婆的放大照片。因为历时久远，也因为农村条件简陋，相片已经泛潮发霉到几不可辨。难道外公最钟情的是这个他可能从没有得到过真心的薄命女子吗？我实在不知道外公的真心，也不知道他可曾几时几次悄悄地翻过这个箱底。打开尘世柜回首如烟的往事，外公心头的滋味想必很复杂难挨吧？或者，自打把照片放进去箱笼外公就根本没有再抚弄看阅过？（图15）

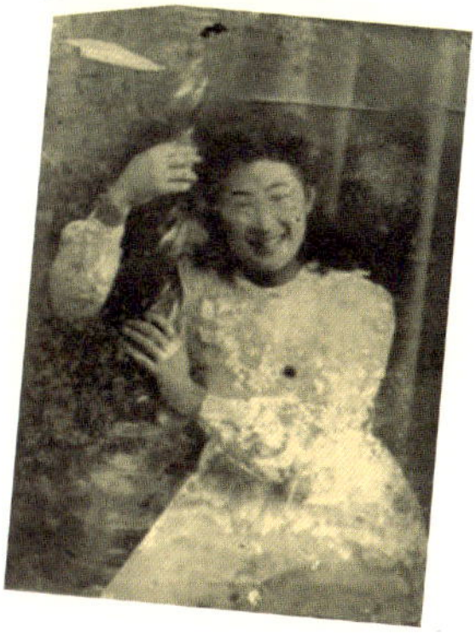

15. 外公箱底珍藏的小姨婆旧照

凡尘之爱——父亲的故事

一个女人一生中最重要的三个男人，是她的父亲、丈夫与儿子。

在生命的不同阶段，他们用不同形式的爱，在这个女人的灵魂中镌刻下永不磨灭的印痕。

接受父亲的爱，女孩子并不知道感激，认为那是一种理所当然，就如同接受阳光、花香、雨雪、大地上的微风等大自然的惠赐，没有什么感恩好讲。只有到了女孩子成长为妇人，自己有了子女，过去岁月中父爱、父恤、父威、父育的鞠躬尽瘁，才一鳞一爪逐渐凸现；咀嚼品尝，亦才有了感怀、感伤、感动、感叹，重重迭迭弥漫心头，挥之不去。

父亲不同时期的肖像

1. 父亲徐寄陶

父亲年轻的时候，长得很英俊：身材修长，五官轮廓清朗，皮肤怎么晒也不黑，外加一头天然卷发，属于上帝心情好的时候精心制作的那一类产品。（图 1）

少年时代的父亲一定是非常洒脱快乐的吧？听奶奶说，父亲个性奔放，谦和待人，花钱大气，朋友如云。有一次父亲在周末邀了一大帮同学回家玩，听听音乐之后跳起舞来，乐曲声、欢闹声、踢踏声交响不已，逼得在楼下厅堂做家务的奶奶无法存身，只好拿着针线活去邻居家里避“难”。好在这种狂欢的场面寥若晨星，大多时间，父亲好学、有礼、温顺而自主，不给别人添麻烦。（图 2，3）

父亲会画一点画，没什么功底，但想象力丰富；还会拉小提琴、拉二胡、打扬琴，也都只会一点点。（图 4，5）他的志向是当工程师，当然不可旁骛太多，玩物丧志嘛。可惜的是当时安庆没有大学，身为长子，兄弟幼小，父母在，不远游，只好暂寄此想，工作自立。到一九五一、五二年国家招干工作之后，他私自报考安徽工专，录取就读后，却因单位要用人，当了一个月大学生终被追了回来。虽然学校仁

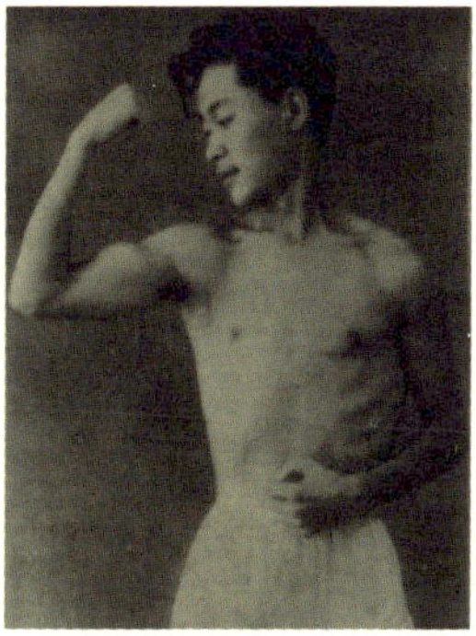

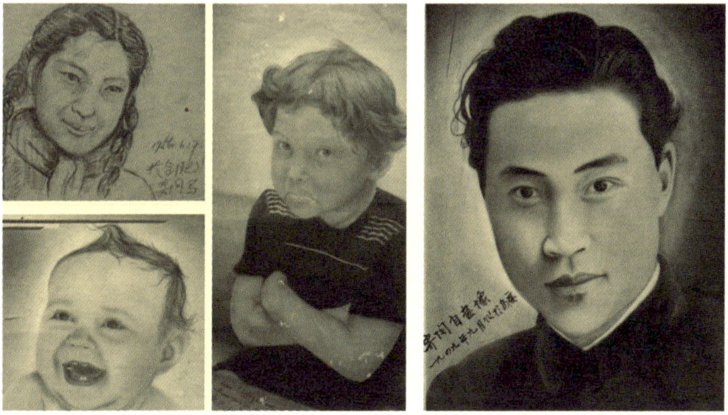

2. 父亲幼时与继母陶淑英

3. 父亲青年时代

4. 拉小提琴的父亲

5. 父亲的绘画作品

至义尽，为他保留了一年的学籍，可因单位态度纹丝未变，大学梦到底成为泡影。至今谈及此事，父亲仍然感慨不已，遗憾颇深。

父亲是个非常钟情的男人，有近乎舍身成仁的勇敢。父亲的家世清白而殷实，自己又追求进步，本来前途未可限量。二十世纪五十年代初，他爱上了我的母亲——一个在国民党电台做过事的京剧票友的女儿，并毅然决然地要和她结婚，在亲朋好友中，引起了不小的震动："现在是有成分论，不唯成分论，重在政治表现。老徐家成分本来不低，再牵扯上一个有历史问题的人当亲家，麻烦大了。"父亲对这一切充耳不闻，更一再拒赴家里安排的相亲，不卑不亢，固执己见。好在祖父也是个开明的人，儿子又声言经济自立，耗到最后，老人家也喜欢上了未过门的媳妇，终于办了一应家具，允婚放行。父亲冒着断送前程的危险娶了自己心爱的女子，同时，用自己瘦削的肩膀，扛起了与之能量不相称的巨大经济包袱：因为外祖父家产充公，没有经济来源，我的母亲得供养她的母亲、她的外婆和她唯一的在读小学的弟弟。父亲自新婚之夜起，就当上了一个五口之家的户主。（图6,7）

6. 父亲母亲合影

在爱情的熏醉状态中做些不计后果的事，

7. 二十三岁的新郎，新婚即日便成为五口之家的户主

其实没有什么了不起，顶多称得上匹夫之勇；可睁着双眼清醒地去背双重的十字架，就与逞一时之勇的匹夫有了很大的不同。举目世下，像我父亲这么愚拙的人已经很难找了，我经常回顾庆幸，为父亲那早已过时、土得掉渣子的钟情窃喜窃呼——没有天哪有地？没有地哪有家？没有家哪有父母？没有父母哪有我！即使父亲与别的女人成婚也会有女儿，但那也是另一张面孔、另一副心肠，与我这个人毫不相干了。

除了在舞台上饰演一个个光彩夺目的角色（图8），从我记事起，父亲就再也没有洒脱过了。工作上，因为岳父的关系，他在市话剧团、市京剧团、市艺术学院都只能干到分管业务的副职；虽然自参加工作就申请入党，却一直当了十几年的培养对象。在家里，因为当时国家

8. 父亲塑造的艺术形象

鼓励生育，他又特别喜爱小孩，十年间，他就成了一个儿子四个女儿的父亲。生活相当清苦，工作难免受气，他对自己的婚姻却从未后悔，对岳母很尊敬，夫妻间很相投，饭桌上常有团里的单身同事共同进餐，孩子们的童年十分快乐，没有艰涩的印象。唯一一次让我窥视到清贫真相的是一次半夜醒来，听到母亲和外婆在轻声争执，母亲埋怨说："到底是老徐家的东西，不是从娘家带来的产业，拿出去该先跟我说一声……"现在想来，大概是因为费用拮据，外婆悄悄拿什么东西出去典当了。

父亲脾气很好，话不多，家事全由母亲做主。母亲当了母亲之后，小姐性子也没多改，很善感也很急躁，一生气巴掌就拍上我们的头。我们都知道她坏脾气好心肠，看见我们哭就会既往不咎，所以个个都不怕她。相反，我们都很怕父亲。父亲生气次数少但是时间长，析理训人，层层剥笋，让你觉得自己很不应该。说得我们哭了，会倒一杯水放在你面前，不要你面壁，但要你思过。然后很长时间不语不笑，显得对我们很失望。这是父亲性格中非常强硬的核，他让我们学会了反省、真诚、方正、善良、勤奋的做人道理。从小到大，我们四姐妹从没挨过父亲一指头。这并不是因为女孩子比较乖巧，父亲的理论是管老大、管儿子，所以哥哥很保存了些受教训的记忆。这虽然不够公平，但很有用。

一个人只要不是圣人，总是会有些后悔和怨尤的时刻吧？父亲对被纠缠在外祖父历史阴影下的忍耐，在我看来，那一次是达到了极限。

那一次是我考剧团。

对演戏，我从小就爱得发痴，却又生性腼腆，将欲望深藏心底，守口如瓶。对父亲突然支持我报考，大喜过望。考试的时候努力表现，终于赢得了考官们一致的满面笑容。当父亲从文化局里得知我的成绩名列前茅，拍拍我的头顶，说“遂了你的愿了”时，我才知道我的心事父母是深知的。全家就等着拿通知书了。剧团、学校、我们宿舍大院，不知道怎么的都知道了这个消息，大家见面，都对我说这个话题。

可是我没有接到通知。父亲脸色变得很难看，简单地告诉我原因：“剧团的孩子，这次一概不收，免得外人说是走后门。”我不理这个茬，指出：“你是副团长，把我的名额让掉了，小黎就录取了，她爸爸还是正团长呢！”父亲听后半天无话，良久，轻声安慰我：“是爸爸不好，爸爸连累了你。是爸爸社会关系不清楚。”我放声大哭，满心满怀只是自己的委屈；小孩子又没有什么同情心，根本想不到父亲招认这个问题时的苦楚。直到父亲“啪”的一声拍了桌子，起身摔门走掉了，才收声收泪，狠心把灯光、布景、油彩、香粉、服装全当是海市蜃楼，从此不想。

从那以后，我发现父亲的背有些弯了。（图9、10）

一个人，只要不是生性冷淡无情，又不是白痴，总是要把自己的爱心，倾注到某些对象上。父亲是“爱吾爱以及人之爱”，所以在每个工作单位，都得到“好人”的口碑。在中国，被谓为“好人”是要付出惨痛的代价的，首先你必须吃亏，其次你必须忍让，所谓“退一步海阔天空”，前提是“退一步”，把倒霉当便宜。为了“救场如救火”的剧团道德要旨，台上的道具坏了缺了，父亲总让人到我们家搬家具；分到手的两个应届生中唯一一个留城指标，父亲怜悯布景师傅家境艰难，自作主张地将名额奉送给人，让大妹去下放；哥哥子承父“傻”，把升学名额让给自己的好友、恩师的儿子，竟得到父亲的赞许……到了三个大孩子全上山下乡当了知青，回城关障重重、求人全无门路的时候，父亲才沉重地对母亲念白：“百无一用是书生。”满腔愧疚！

9. 父亲中年

我后来偶然读到名翻译家杨宪益的诗：“好汉最长窝里斗，老夫怕吃眼前亏”“人到中年才入党，事非经过不知难”，心倏然一痛，正是这些无法言表却又天罗地网般的人性暗黑磋磨了父亲一辈子，长沟冷月，霜剑风刀，父亲不知不觉间老了。

“文革”后恢复高考制度，是我们家的命运转折点。一年之内三个孩子考上大学，圆了

10. 父母与子女及亲朋

11. 一生恩爱的父亲母亲

父母的少年梦。可惜这时的父亲，自感老之将至，一无建树，不禁情郁于中，触目伤怀，生了很重的一场病。我们把他送到北京。医院说：不开刀，半年是危险期，一年是保护期，不能复发，发了不治；要开刀，会有七种可能的后遗症，最轻的一种是偏瘫。

那天我到医院探视，父亲已经做出了抉择：

“不能开刀。你们各有工作、家庭，开刀有了后遗症，只害苦了你母亲一个人。”

一句话，让我泪落衣襟。

回旅馆的路上，我踽踽而行。头上是一弯新月。我觉得那月儿就像一只天平，父亲和我们就像风筝一样悬吊在天平的两头，彼此用爱的力量维系着平衡。一旦哪一方松手，大家都得随风飘去，融于太空。

父亲终于平安无事度过危险期，并且日见健朗，一如既往地关心我们每一个子女。自此我信了“好人一生平安”这句话。

父亲是一个平凡的人，忠厚老实，勤奋为本；家产微薄，家教丰厚。终于让冥顽不灵的女儿知道感恩。（图11，12）

12. 一生恩爱的父亲母亲五十年金婚照

附一

一生与共

不肯拂了姑父的好意，爸爸妈妈答应了赴约。可是我知道，出门去吃饭，对患哮喘病的父亲而言是多么艰难的一件事。

虽然忙得要命，一下班我还是早早赶到饭店恭候，心里有一点点埋怨。

但是亲人间的相聚是多么自在快乐。看着爸爸妈妈叔叔婶婶姑父姑姑他们热切地彼此问候，花白的脑袋靠得很近，全神贯注巴巴地注视着倾听着对方说话，心里暖暖的、软软的、酸酸的。

年龄越是老迈，生活圈子就越狭窄，亲友之间的走动交谈就变得难能可贵。所以长辈们总是比我们更加珍惜团聚。爸爸说，你妈妈成天待在家里，太闷了。

我想，这是爸爸之所以答应姑父的缘故。

在我们家,爸爸的身体弱一些,更多一些地依恋母亲。母亲健康明朗，生性快乐，喜欢热闹，又从不呆板拘谨，但是因为夫妻恩爱，心甘情愿被看守被拘困。我点点滴滴看在眼里，丝丝缕缕被感动；希望自己对所爱的人也能做到像他们这样一切与共。

只是，心里绵绵密密的感觉说不出口……

母亲曾经告诉我，你们大了，没什么要我操心的了，你爸爸现在是我生活中的第一位。这使我体会了李泽厚先生对我说过的一句话：从家庭伦理的关系看，夫妻恩、情人爱、儿女情。就是说，夫妻成家立业，其间同甘共苦、相濡以沫、建家筑巢、奉亲育儿的经历，是爱情与恩情的叠加；情人之间两情相悦，男欢女爱，没有世俗的负担，不涉及功利因素，是最纯粹的爱情；父母子女，天伦血脉，则是包容一切至深至厚至切的情怀。我的父母，现在已经扶持偕老，所以彼此把对方放在第一位。

吃完饭从饭店出来的时候，下雨。我拦了一辆的士，报了到达地点。司机先生满面诧异地问：这么近，单行道，路又不好转的，要坐车吗？我说随你怎么转都行，老人家行动不方便呢！他听了直点头，选了一条最近的路，车子开得极其平稳。

下车到我们家还有一点点路，我让妈妈先回家开门。我搂着爸爸瘦薄佝偻的双肩慢慢在雨中漫步。清凉的雨把白天的濡湿闷热荡涤一空，我们的头发衣服都湿透了，但是有亲人比肩，心情安静而熨帖。

记起很早以前编辑“人间有情小说系列”的时候，写过图书分册内容简介，其中有这样几句话一直记得——亲情、友情与爱情，三足鼎立地支撑了人的一生，构建了人生的基本骨架。任缺其一，生活都有难以弥补、无可替代的遗憾和空白！

我感谢上苍赐我“子欲养而亲健在”！

所以，雨中，我心温暖；今夜，我心安慰。

附二

真正的怀念

黄翔宇

从小到大不知写了多少篇怀念某某的文章，都是应付老师的东西，没有一篇的心情是真的在怀念。

现在，心里却涌起了一种强烈的让人全身发酸的感情，它就是怀念。

人总是在怀念，怀念了就感伤，感伤是因为失去的人或事，再也回不来了。

我的外公，逝世一年多了。

去年在火葬场里，我透过玻璃看到棺材被放上一个传送带，传送带转着转着突然加速了。加速的那一刻，眼泪决堤般涌出来。然后，棺材进入一个洞口不见了。心里的回避全部崩溃，现实残忍地无可挽回地摆在了面前。那时候才突然真正意识到，我的外公真的走了。

外公是好人，是很好很好的人，从小我的心目中最好的人就是外公。外公的“好人”是出了名的。性格温和儒雅，我几乎没见过他发脾气。听长辈的人说过很多外公的事情，我觉得他简直就是小说里才会出现的人。生得标致，天生卷发，博学多才，勤奋踏实，慈善心肠。小时候曾经很不喜欢自己的名字，觉得没有女孩子的味道。后来知道了这个名字是外公取的。翔宇，周恩来的字。周总理是外公最尊敬爱戴的人，他把这个人的字给了我，伴随我一生。这样深沉的关爱和期望让我时时想起也觉得感动。

外公的多才多艺即使在现在这样的时代也不多见。我了解得不多，最开始知道他会拉小提琴，后来发现他还会弹钢琴，好像还会其他乐器。我不是脑筋很灵活的人，全身唯一有天赋的地方就在音乐。妈妈无比自豪地多次强调是她遗传给我的，追根究底，来源也是外公。他对我的钢琴一直很关心，高二学习忙不再学琴之后，他还多次叮嘱我要时时记得练琴，不要丢掉。外公还写得一手工整漂亮的毛笔字，写了很多年，装订成了很多册，这笔巨大的遗产弥足珍贵。

外公外婆每年冬天都来珠海，在我幼时的印象里就有他们每天下棋的记忆。外婆下子比较快，总是干净利落地把棋子一推。外公通常深思熟虑很久，修长干净的手指无意识地晃来晃去。两人之间会有没什么意义的对话：

“走这里可以吧。”

“当然是可……以滴。”

好听的安庆口音，有一搭没一搭地，很安静。

“将老头儿的军了。”

两人慢悠悠的语气跟窗外黄昏的天空和腾空飞过的鸟群混合在一起。这些美好的部分合在一起就叫作幸福。

若一定要说外公有什么不好的地方，那就是他的身体一向不好。自我记事起，外公就是身体瘦弱行动缓慢的。去年来珠海之后摔了两次跤，

父母老年时的日常娱乐

身上多处骨折住进了医院，最后在医院去世。其实我当时对外公的病情是很乐观的，也许因为我去看他的时候他状态都比较好，又或者是他为了不让我担心而强打精神，爸爸妈妈可能也因为我在高三怕我担心过度影响学习于是一直不怎么跟我提他的病情，总之我一直都以为外公只是骨折，骨头慢慢长好后就不会有任何问题，他可以跟以前一样。

那天早上我还在上课，突然培走到我们班门口来找我。出去后她把手机给我，电话里跟我说外公情况不好，让我赶快去医院。当时我的电话关机了，竟然还找到了我的朋友，在上着课的时候通知我去医院，那一定是发生什么事了。坐在车上我给培发了信息，说“这下完了，情况一定很糟”。尽管我心里非常非常地慌，但我万万万万没有往“去世”上面想。她还回短信安慰我叫我不要担心，其实她当时已经知道外公去世了。

我就这样怀着紧张而又乐观的心情到了医院，心里准备好了接受他病得很严重的消息，还不停地告诉自己不要太难过，要镇静一点，安慰外婆和妈妈他们，还要帮助外公振作，不能让他失去信心，到时候一切都会好起来……脑子里飞快地想着想着，我被带到了一个房间里，外婆和三姨坐在椅子上哭，见到我来了，一边哭一边说“你外公已经没有了”。那时我的嘴角还带着准备好安慰人的微笑，手还刚想出去安抚她们，就在霎时间听到了这句话。什么准备什么安慰什么振作什么信心突然间全部消失，连带着所有思维也消失了，我就好像一个信仰崩塌的信徒一样不知所措。脑子里所有的信息没有一条会指向他的去世这个事实。我从来没有如此一片空白过。

然后我就想到了他刚来珠海的那一天，刚好我放学，他的身体那么不好还硬要我爸带着他去学校接我；想到了他生病后在病床上时还不忘叫我爸早点到学校去等我，担心我的安全；想到了他病得意识不清楚的时候以为自己吃进了牙签，嘴里说胡话了还想着我，跟我爸妈说“你们不要给黄翔宇吃牙签啊”……

现实摆在眼前让人不得不信，我亲爱的外公已经去了，昨天竟是我最后一次见他，最后给他喂了一根香蕉，最后跟他道别，这一别，就是永别。

最后我还是不可抑制地号啕大哭。最后去了一次病房，看到护士给他穿上了寿衣，三姨哭着给他照最后一张相，外婆握着他的手。我朝他没有完全闭上的眼睛深深地看了一眼，他的眼睛竟似仍有眼神，那么慈爱地望着我。我强忍住眼泪最后一次朝他微笑，心里暗暗发誓：亲爱的外公，走好。我知道你对我的期望，我会让你骄傲的，不管是几个月后的高考，还是几十年后的人生。

黄翔宇小时候与外公、外婆、妈妈的合影。

黄翔宇是徐家四女儿徐海聂的独生女，在美国普渡大学酒店管理专业硕士毕业后，现在德国工作。这是2016年5月16日她给她妈妈和外公祝贺诞辰的微信（她妈妈和她外公5月16同一天生日，她生日相隔一天，为5月17。）

附三

惘然思

2008年元月14日上午十点，爸爸在珠海过世。因为几个月之前我因为血压太高（140—220）突发脑溢血，全家人担心我大病初愈不能经受悲痛，所以共同决定对我封锁消息。当我先生对我说要“出个长差”的时候，我也只是奇怪他一直紧张兮兮地要把我放在他的视线之内，恨不得走到哪里都把我当包裹一样提溜到哪里，怎么说想开就想开了？看来是个非常重要的工作任务，也看来我恢复得差不多了，他可以放心了，其他根本没有多想。因此，我是唯一一个没有为他送终守灵的女儿。

这是我终生的遗憾。

据他们说，爸爸走得很突然，很安详。一如他生前那样关爱家人、疼惜子女。虽然对妈妈对我们有很多依恋牵挂，但是在病中，对病痛没有一点怨艾，对我们仍有足够的关切。

面对亲爱的人的死亡，我悲痛欲绝。

窗外下着丁亥年的第三场雪。

飘扬的雪花，已经把大地浸染得一片迷蒙苍茫。包河岸边无人行走的石径斜坡、琼楼玉树，在一片片无休无歇纷扬的飞雪中，像天堂一样美丽，像天堂一样洁净，像天堂一样沁凉。

一辈子都是特别好的人，书生愚念，未曾期许过多大的抱负和幸福，只是良善情怀、克己本分、错守书简、顾人顾家。这样的人，一定是能上天堂的吧?

那一年，爸爸因脑动脉瘤到北京治疗，我曾在北京天坛医院外面的大街上踽踽而行，迎风望月。头顶湛蓝的天空上是一弯新月。当时的我觉得，那月儿就像一支天平，而尘世中相亲相爱的家人，就像风筝一样悬吊在天平的两头，彼此用爱的力量维系着天平的平衡。

那一天，我祈愿我们家每个人都能坚持。因为，一旦任何人放手，意味着幸福瞬间化作流星，生命随风飘去，彼此失散于太空。

那年那天，爸爸出院的头一天，我也曾仰望星空祈祷平安。天空繁星密布，就像这漫天的大雪。

今年今天，我站在遥远的省城自家的窗前往外眺望，仿佛看见天际一个孤独的背影，在雪雾之中影影绰绰，踽踽独行。真想送上一个遥遥长长的拥抱啊，可是天梯太高、天堂太远，我怎么才能够得着啊?

人们说，生是存在，死是不存在。爸爸是一个普通人，普通人的死亡不像生前有大建树的人，可以将自己的生命的一部分转化为另外一种形式继续存在下去，普通人死亡就是世界依然存在而你从世界上消失。但是作为亲人，作为爱他的人，他的善良、大度和宽厚，以及作为一个生存于上个世纪的普通人的艰难一生和灿烂品格，都已经转化为无法脱离的视觉、听觉、嗅觉、触觉的记忆存活在我的心里。

我很难过。

很难过之后只能对自己说：草无常芳，月无恒圆，生命因为短暂而格外尊贵美丽、因为传承而绵延不绝。爸爸在天国一定也在看着我们，一定希望妈妈和我们都能幸福快乐地生活。我们还是在一起。

《挽父亲》——

未立言 未建功 未降志 书生愚念 厮守舞台 生不成名死不恨

侍老亲 抚妻弟 育子女 夫子痴想 望断长空 事方安顿目方瞑

爱不离——母亲的故事

1. 少女时代的妈妈

二十世纪三四十年代的江城安庆是安徽省省会，又是水陆码头，颇为热闹繁盛。沿着江边，大华饭店的三层洋房颇为显眼。大华饭店是我外祖父吴守椿的产业，他开饭店的同时，还担任电台台长，自组京剧团。精力充沛、长袖善舞，饭店自然客似云来、生意兴隆，在安庆小有名气。对一路顺风顺水的外祖父来说，可能那时唯一的遗憾是膝下尤虚，连续好几个孩子夭折。1934年，我的妈妈出生了。为了让她平安长大，家里人依照外婆孕中梦兆，以“小七子”作为她的乳名，果然平安长大，无病无灾。（图1）

花正红时月正好，少女时代的妈妈是安庆城里风头很健的时髦人物，打网球，骑单车，偶尔也在外祖父的剧团里票戏。落落大方的美貌女孩，早早即成时尚照相馆橱窗里的常客。那时的吴家大小姐，无邪无忧，一派云阶月地，花辰月夕，少女光洁的脸上不曾攀缘过一丝阴影。（图2，3，4）

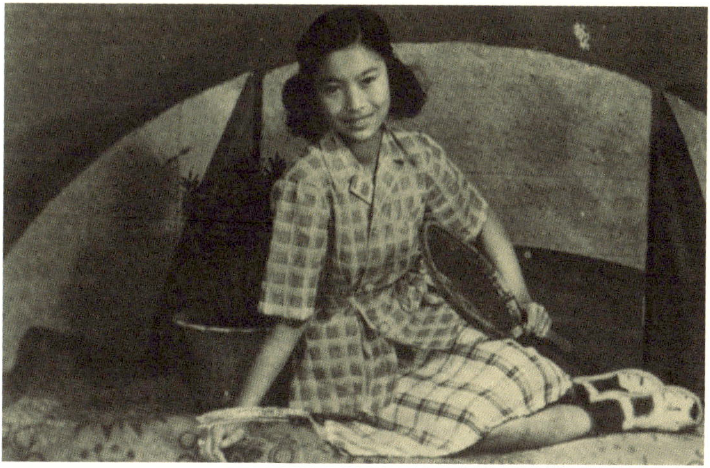

2　3
健康美丽的阳光少女
4

妈妈人生中的第一次挫折，是得知她的父亲有了新欢。她虽在锦衣玉食里长大，却少“小姐”脾气，眉目之间向来一派疏朗，霁月光风，英气洒然；遇到这种事，也只以骄傲和犀利来对抗父亲。但是父亲毕竟是女孩子的父亲，万事由得你，此事无通融，不过长达数年的出入无礼无视，俏颜如冰，也让做父亲的很是头疼。

彼时可能谁都没有想到，大时代风云即将席卷而来，前面的忧伤愤懑不是终曲，而是序幕，曾经拥有的富足、平安与宁和一夜间倾覆，从未体会过的忧惧惊怖伴随着清贫困窘、骨肉分离强横地侵入生活之中。外公因曾任国民党电台台长一职而入狱，家中骤失经济来源，老的老，小的小，生活重担压在了妈妈的肩上。重重压力下，为自己改名为“潇梅”的妈妈，却果真如同一树寒梅，在萧瑟中潇洒怒放。

妈妈安庆市女子高中毕业之时，家里已经没有经济能力支持她去上已被录取了的大学。她自食其力，学了不花钱的水利专业，毕业后学非所用，受聘于安庆市新市路小学当小学语文教师。因为爱好文艺，参加了业余原野话剧团的培训及演出，因此与父亲徐寄陶相识相知。

妈妈长得很漂亮，就是皮肤黑一点，被人戏称“黑牡丹”（妈妈自己说那可不是黑一点点），在培训班里很亮眼。爸爸教拼音，教小品，与妈妈相视一眼，缘定终身。

爸爸妈妈在大江话剧团公开上演的头三部戏《红色风暴》《烈火红心》《最后一幕》都有参与演出。《红色风暴》里爸爸演大律师施洋，妈妈演被陷害的工人黄德发的妻子，即被施洋辩护的受害人。

从此母亲开始了她话剧演员的职业生涯。（图5、图6）

5　6　少女时代的妈妈曾在外公的剧团串戏，那时的她没有想到，自己与舞台将终身结缘

安庆市话剧团是我父母相识的地方，也是我们兄妹五人出生的地方。

安庆市话剧团坐落在近圣街上，团址是鼎鼎大名的胡玉美公司的大老板胡子穆的私宅。面南而建，依坡势而上，外墙紧邻的一条小路通向高琦小学的操场。我们家三个大孩子都在高琦小学读书。

那时候我虽然很小，但还记得那里的大致布局。一进花园洋房的宅门，是一片铺了鹅卵石的小院，宅门连接着的一排平房，做传达室和几户住家。大门正对面是一个微缩假山景观，山上庭阁屋宇，山下有小桥流水；溪水在山脚蜿蜒环流，应了“园可无山，不可无石”的古话。传达室旁边有一口水井。有一颗白色绣球花树，每到春天，满树缀满了由好多小小的白色花瓣组成的一球一球的花朵，又浪漫又热烈，给人特别强烈的印象。沿着右侧宽宽的半环楼梯拾级而上是一个平台，有腰鼓状水泥栏杆，迎面是宅子的主体——一座两层楼的欧风建筑。

近圣街是一条文化的街道，当时住在这条街上的，都是有身份有地位的官宦或者有钱的文化人。所以街名才可以命为近圣——靠近圣人孔子的地方。是不是有这一回事无法考证，不过近圣街的出名，倒不是因为这个。

据老城闲人《一条文化的街道》记载："在安庆，近圣街是一条文化的街道。文化的光芒，出自于1958年秋成立的话剧团。一个城市，有了话剧就有了活力和激情。据程小苏《安庆旧影》，引话剧于安庆的，是话剧先驱刘艺舟，1912年'至安庆，创进化团，设柳林巷，演新剧，后至芜湖'。

"安庆话剧团的前身，是1948成立的艺潮乐剧社。初解放几个月，它在安庆舞台非常活跃。1949年9月1日，为赈济水灾募捐，剧团义演曹禺《原野》，引起轰动，因此易名原野业余话剧团。1950年，剧团改属文化馆，更名大江话剧团，演出剧目随形势而变，如《考验》《在新事物面前》，后又有《右派百丑图》等。1958年10月，以大江话剧团为基础，成立安庆市话剧团，文教局长陈盛业兼任团长，实际掌门为副团长徐寄陶。"

这里说的实际掌门人就是我的父亲。母亲与父亲郎才女貌，结识恋爱，相濡以沫，恩爱一生，就是从在业余剧团排练演出开始。

老城闲人在他的另一篇文章《安庆话剧舞台那一束光亮》里，记述了安庆市话剧团的历史变迁——

“解放后安庆话剧团公演的首部大戏是《红色风暴》，主要演员有徐寄陶、刘奎石、余德言、吴潇梅等。后夏永安、金刚、宁化鲁等大腕加盟，杨美、米国强、余寅华等新秀崛起，剧团迅速发展为安徽最有实力的话剧演出团体。20世纪60年代鼎盛时期，他们以张恨水一出《啼笑姻缘》，逆江上行千余里，演红了安庆作家的作品，也演红了他们自己。1963年，《在困难面前》参加华东地区话剧会演，获得好评。此次会演，只有安庆和青岛2个市级话剧团参加。1965年，话剧团在合肥公演《海防线上》，前后持续1个多月，几乎场场满座。20世纪70年代末，《枫叶红了的时候》《陈毅出山》《雷雨》等剧目演出，也是盛况空前。”

父亲与母亲在舞台上，是最默契的工作伙伴。他们同台演出了《渔人之家》《边防线上》等许多优秀剧目，塑造了一个个动人的角色。家中存有几张妈妈演出的剧照，我最欣赏母亲饰演《雷雨》中的繁漪，那眼眸中的痛苦与纠结，仿佛在倾诉。（图7）

在生活中，父母是让人艳羡的恩爱夫妻。恩爱的意思是，他们不仅仅相亲相爱，还有情

7. 母亲饰演繁漪剧照

8　9　爸爸妈妈年轻时

有义。爸爸对妈妈充满爱宠，妈妈对爸爸深感恩泽。用现在流行的话说:爱可以让她骄傲如烈日，也可以让她卑微如尘土。在我们的印象中，在家里，爸爸什么都听妈妈的，妈妈什么都以爸爸为重。

也许妈妈一辈子都忘不了，风华正茂玉树临风的美男子，大户人家的长房长子，未忍辱，先负重，与她一结婚，就成为五口之家的家主，就要奉养她的外婆、母亲和年幼的弟弟。那时候，他才不过二十三岁。（图8、9）

也许妈妈更明白：因为她，家庭成分的包袱，和她一样，从此会跟爸爸一辈子不离不弃。在那个政治第一的年代，爸爸到任何单位永远做的都是副职，是业务干部。他积极要求入党，从青年一直到中年。安庆市话剧团正式建团的时候，爸爸从宣传部调过来任副团长，一直

10. 父亲母亲合影

副职到老。所以，但凡剧团同事们说爸爸“在单位真是老好人，从来没有对任何人疾言厉色，有事说理，克己奉公；在家里也是如此，没有听说过爸爸妈妈相互埋怨过一句”，心里就无比愧疚难过。她知道，这是爸爸因为家庭成分不好，夹着尾巴做人，以求自保，以保小家。

这是妈妈多年的心痛。

于是，妈妈一夜成婚，小新娘蜕变为贤妻，从此收拾小姐心境，做好柴米夫妻。婚后生活粗茶淡饭，却也过得其乐融融。（图10）

话剧团两层楼洋房，上下层各有一间大排练厅，排练厅的旁边分配给单位员工做宿舍。楼上是单身汉宿舍，楼下住着有口有眷的职工。我们家住楼下西头南面一大间，对面住的是任东黎团长家。主楼安置不下来，经过道下到后廊，在后面院子里后建了两排平房，沿着围墙栽了一溜蔷薇，春末夏初，蔷薇盛开，非常灿烂。

记得对着主体建筑廊坊过道的，是王小华叔叔家。他家老爷子有两个老婆，大人们称她们为小脚妈妈、大脚妈妈。小脚妈妈是原配，肤色白白净净，脚下三寸金莲，年轻时候一定是个美人；管家的是大脚妈妈。对此我们剧团的孩子们都感觉特别奇怪，我们各家都只有一个妈妈，王叔叔为什么有两个妈妈？我问我妈妈，她说：旧社会允许男人三妻四妾，所以那时候有人有两个妈妈，新社会不允许，所以现在没有。你们小孩子不许跟着大人乱叫，都叫奶奶。看到别人家小孩乱叫什么大脚小脚的，你们别跟着闹。

剧团那时候有很多单身汉，铜陵文工团解散，青年演员一锅端送到安徽省话剧团培训，结束之后分配到安庆市话剧团。房曼之、陈可可、程次辉等无论哪位男生女生，只要哪天耽误了饭点，都会到我家来找食；米国强、姚刚仁等外地同事返乡回来，也都自然而然到我家里来打个尖。一盘炒花生米的香气，都可以引来不招自来的故旧新朋。

那时候剧团新戏上得很频繁，有时候安排A B角，有时候没有，看需要而定。在妈妈当A角的时候，妈妈耐心帮青年演员对台词走台，绝不藏私；有的剧没有安排A B角，一旦需要救场，妈妈也曾迎难而上，连夜加班，背词背到昏天黑地，半生不熟、侧幕题词也强上。“救场如救火”这句话，我们从小耳熟能详。(图 11)

剧团出差演出，条件非常艰苦。在城市，不住旅馆，要自带行李，在后台打地铺。出差途中，男同志打前站，要装台，女同志“扶老携

11.妈妈的演出剧照

12. 妈妈与四妹

幼”第二天出发。这时候妈妈总是自觉担当“团长夫人”的角色，能帮多少忙就出多少力。宋祖芬阿姨，宝宝只有三个月就得出差，没办法，只得把自己的妈妈也带出差，于是妈妈的眼睛有事无事总会多盯他们一点。丁昆明叔叔胃不好，妈妈受程雪丽阿姨托付，每天为他煎中药，丁叔叔实在不想喝就拖延哄瞒，但妈妈监督严格，一次都没让他得逞。

妈妈只对自己家的宝贝束手无策。妈妈带四妹妹出差，四妹妹一顿饭可以喂一个多小时，她就含在嘴里，不嚼不咽，两只大眼睛很无辜地和你对视。妈妈急得眼泪都出来了也不舍得拍她一下。后台的叔叔阿姨自告奋勇轮番上阵，都说“我就不信了”，可是最后悉数败下阵来，再也没人伸头去揽这个活，成为笑谈。（图 12）

1958 年在花凉亭水库演出，爸爸留团。妈妈过生日，爸爸一再叮嘱妈妈要记得去约朋友们到哪里找一点好吃的加个餐。结果因为赶场，年轻演员们一路走一路说笑以致迷了路，一天也没吃上一点东西。

1965 年 10 月到 1966 年 5 月搞“四清”运动，剧团带任务下乡演出，都是自己拉着平板车加肩扛手提从一个联络站点找到下一个联络点。家里孩子们都得丢下来，有困难自己想办法克服。1968 年下半年下乡接受再教育，才下去的时候还可以住在安庆郊区党校，条件算很不错。后来是工作组安排住在哪里就住在哪里。有的房子很破旧没人住就安排给他们，外面下大雪，屋里头下小雪。

因为爸爸身体不好，任何运动需要下乡妈妈都会报名参加——夫妻都在团里，她出来了，爸爸就可以留团了。

我们家人口多，仅有的一间大房间里放了三张床，爸爸妈妈的钢构双人床在里面，对面放着大书桌，横头放着梳妆台。书桌背后用帷幔拉起来形成独立空间。幔子外面面对面放着两张床，太婆婆睡一张，外婆带舅舅睡一张。家里最值钱的梳妆台，两米长的整板实木大书桌和实木方桌，都是老徐家置办的给爸爸结婚的家什。虽然拥挤不堪，但是摆放得井井有条，还显得很殷实。

最小的孩子总是和妈妈爸爸睡大床的。等到又有宝宝出世了，小小的大孩子就被抱到外面和太婆婆或者外婆睡。等到我们五姊妹都出生的时候，十二三岁的舅舅就考到省戏剧学校读书去了。

二十世纪五十年代，国家学习前苏联，提倡多生多育。孩子生得多还被推崇为英雄母亲。妈妈倒不是要当什么英雄母亲，只是怀上了就生了，生下来就疼上了。十几年，妈妈生了一个儿子四个女儿。

我们五姊妹很幸运。我们也很幸福。（图 13、14、15、16、17）

我们成长于物质匮乏时期，父亲母亲当然曾为生存困苦过，但即

13 14 15
16 17
虽然物资匮乏，我们仍然拥有无数美好的童年回忆使在二十世纪六十年代，生活那么艰难，妈妈仍让我们享有简单的幸福。我们儿时的记忆始终是温馨而快乐的。一幅真丝乔其纱旧窗帘，可以为女儿们改制成当时最漂亮的连衣裙；一件旧旗袍可以变幻成女儿的一件中式小棉袄和自己的一步裙；过一段时间，妈妈会带我们去江边登振风塔、看帆船，去码头爬上防波堤让我们听江水拍岸的哗哗声；过一两年，会领全家去照相馆拍全家福。每逢春节，我们在家里表演唱歌和朗诵，有新衣服，还有几张新崭崭的五角一张的压岁钱（特别让我记得的是，偶尔妈妈会找我们借新票子急用，周转之后会如期归还，让我们觉得能帮妈妈的忙非常值得骄傲）。

周作人曾在《雨天的书》中说过这样一段话：“我们于日用必需的东西以外，必须还有一点无用的游戏和享乐，生活才觉得有意思。我们看江河，看花，听雨，闻香，喝不求解渴的酒，吃不求饱的点心，都是生活上必要的——虽然是无用的装点，而且是愈精炼愈好。”我不知道妈妈可读过周作人的作品，但她这么做了。

爸爸身体一直不太好，胃病，妈妈一方面精心照顾孩子们，一方面任劳任怨照顾爸爸。家里持久地保持着喧闹声，小孩子总是跑来跑去。妈妈不耐烦的时候，也会手起掌落，打我们一巴掌，不过就一下。爸爸曾劝她别和小孩子置气，要惩戒也别打头。妈妈听进去了但是嘴上不认输，一句话把爸爸逗笑了，她理直气壮地说：个头刚刚好，打头顺手——她不愿意弯下她的玉腰找寻孩子们该挨巴掌的屁股。

我们很爱妈妈，还有一个原因是很爱妈妈演出回来带回家给大家分享的她省下来的演员夜宵。只要爸爸妈妈演出，我们小孩子一个个都不睡觉，哪怕等回来的只是一瓣馒头，一碗白开水泡饭就豆腐干，

18. 全家福，五个孩子的妈妈仍然美丽（后排左起：母亲、父亲、大儿子徐海程；前排左起：四女儿徐海聂、五女儿徐海岩、二女儿徐海燕、三女儿徐海琳）

我们也吃得不亦乐乎。我们还喜欢爸爸妈妈出差。但凡他们出差，回来总会给我们带礼物，烘糕啊糖果啊茴香豆啊，不管大小总是不会让我们失望。由此我们家养成了吃夜宵的习惯和互赠礼物的习惯。

妈妈很聪明，为这个家费尽了心思，平添了很多乐趣。她用邀会的钱，给家里添置了缝纫机，从那以后，孩子们的衣服，大的穿过了可以改一下给小孩子穿，旧的贴个花边或者口袋就变得像新的一样；还给家里买了梅花牌手表。邀会是那时候的一种集资行为，在朋友们之间进行。每家出能够拿得出来的几块钱或者十块钱，排出各家需要的轻重缓急，按照顺序按月定时收集轮次使用。有点像现在的分期付款。这样大家都可以在不影响生活的前提下去购置需要的“大件”。

蒙上天眷顾，五个孩子的母亲了，岁月并没有在她脸上留下多少痕迹，美丽如昨。（图 18）

孩子多做母亲的辛劳就多。可是妈妈不怕辛劳，她怕我们生病，也怕爸爸生病。那一年话剧团演《红岩》，父亲演许云峰，因为劳累过度突发急性胃出血住进了地区医院。地区医院那时候是并排的两座楼，妈妈当时身怀六甲，大腹便便仍然陪伴守候。那天她正在医院陪爸爸说话，说着说着就告诉爸爸“不行了，恐怕要生了”。于是她从爸爸住院的这边的楼走下去，再从旁边那座楼爬上来，步态蹒跚地自己一个人进了产房。房曼芝阿姨对我转述这个生活细节的时候，笑呵呵地说：“剧团的同事们得知消息赶过去的时候，你妈妈已经把小五子生下来了。她对我们像讲故事一样讲了这个过程，很骄傲，没有一点怨气，很了不起。”

还有一次是我生病。那时候我上小学三年级，上午准备上学了我说肚子痛，妈妈帮我请了半天假。中午下班看我人好好的，问，不难受了吧？下午没事要去上学了啊！我听话地点点头。可是下午上学时间我又说肚子很痛。妈妈紧张了，说我们家孩子不撒谎的呀，这是什么问题啊？她立刻跑到我们大院邻居江医生家里请她过来看看。江医生在我腹部按压了几下，果断说赶紧送医院。果然，搞舞美的大个子孙叔叔背着我一路跑到最近的安庆市第二人民医院，看了急诊就送进了手术室——急性盲肠炎穿孔引起的腹膜炎，非常危险。

妈妈说，你和你爸爸是最磨我的人，总是你们俩，总是又住院又开刀。真是欠了你们老徐家的。

爸爸脑动脉瘤破裂紧急转院去北京的那次，妈妈是真的吓坏了，人一下子衰老了。所以在我自己又一次生病的时候，我们五兄妹五家人态度一致，全部瞒着妈妈。直到我已经出院，她一再追问燕儿怎么老不回家也不打电话的时候，我才决定把自己送回家给妈妈看，顺便禀告生病的事。

妈妈果然很震惊很心痛，也生气我们瞒了他们这么久。我劝她说，瞒你就是怕你听到消息又看不到人，无限放大想象空间啊！那还不自己把自己吓着了啊。现在我好好一个人站在你们眼前，把经历的事情当故事讲，再怎么危险那都已经过去了，你就不要再担惊受怕了啊。

不过，话虽这样讲，看得出来给母亲的打击还是很大。在家两天，我偶尔不经意和她对视，总发现她眼睛湿漉漉地在凝视我，看到我看她，就马上把眼睛转开。又怕我累着又怕我冻了，小心翼翼，忧心忡忡。我回到合肥这两天，她不是给我打电话就是给我妹妹打电话，总是不放心。

一个家庭里的大儿子大女儿，总是年老的父母心里倚靠的人。我是妈妈的精神支柱，这我知道。但是心理依赖这么深，超出了我的想象。这次病倒，展现了生命脆弱这个无情的事实，让妈妈发现，一贯敏捷、干练、贴心、乐呵、生命力饱满、精神旺盛的大丫头，也可能不像她指望的那样坚强、柔韧。如果生命易折，那么周全、善解又有什么意义呢？

所以她痛惜不已、惶惑不安，不知道怎么补偿我才好。

我很抱歉自己生病给亲人们带来痛苦。看妈妈那样，我比自己身体不舒服还要心酸难过。无论是本意还是延伸意，我都极其讨厌这次生病！儿行千里母担忧，看来，保重自己也是孝顺父母的要义之一，我深切地体会了这一点。

秋高气爽，我们陪妈妈出去买东西。呼吸着干爽的阳光的香气，我们彼此都心情高远，思绪飘忽。我对妈妈说，我会好好的，没事的，妈你放心吧！

19. 安庆市话剧团老朋友老同事米国强、房曼芝携女儿米敬白去珠海看望妈妈

妈妈微笑着看着我点点头，眼神并不那么确定。

我心里真是后悔，我根本就应该对母亲一瞒到底。

还是欠周全。

岁月葱茏，半个世纪的时光，爸爸妈妈恩爱依旧，膝下孙辈忽然成行。（图 19）妈妈也不知不觉间青丝霜染……

安庆市西围墙老房子院内，妈妈迎来了徐家长孙女徐灿。

大外孙牧旸在外婆家出生，两个半月后随我回合肥上班。妈妈十分不舍得。几次电话诉苦，说她下班回家进门，闻到宝宝的尿“香”就忍不住想念，眼泪自己就掉下来了！

孩子们也都和妈妈亲。他们喜欢妈妈养的小乌龟，喜欢庭院中妈妈搭的葡萄架。妈妈告诉他们葡萄会和小孩子共同成长。褐色的枝蔓，经细长的卷须爬到院中自盖的平房屋顶上，让孩子们好兴奋；葡萄成熟的时候，妈妈指挥他们架着梯子爬上屋顶去摘，多的时候采摘下来的果实堆了满满一凉床。

母亲的身体历来硬朗，2012 年元月初得知母亲身患癌症并已到晚期时，我们兄妹五人若遭晴天霹雳，痛彻心扉。以后几个月的珠海、合肥的求医过程证明了人类对病魔的无能为力和回天乏术。

那天我从医院陪护回家，在日志里写道——

独自一人行走在清冷的大街上，一轮朗月，孤高地悬挂在头顶上。由于气温陡降，城市的风变得像北方的风那样干硬尖利，割得脸颊生疼生疼。

那一年，也是寒冬，父亲住在天坛医院，我也像今天一样从医院出来，步行回去并不很远的投宿的饭店，一路走一边散漫地感悟生命本质的孤独性。

今天，情景相同，亲情相同，只不过躺在病床上的是我的母亲。

月亮还是那么浑圆，空气还是一样清冽，但行走在时不时呼啸而过的汽车道侧旁的人行道上，心境有一点点凄凉。

2012 年正值我们大学同学毕业三十周年聚会。我在大学同学纪念册里中这样叙述对死亡的感受："这是我一生中最艰难的阶段——我陪伴在身患癌症的母亲身边，眼睁睁看着生命一点点流逝。难挣难挨，有伤有痛，无计无措。"因为，对生命而言，生有多种选择，死却没有。而且一切无可分担。妈妈一个人独自承受所有的苦痛，所有的恐惧，这是最让我不忍心的。而最让我感到凄凉的，是几次我帮她擦拭或翻身之后她对我说"舒服"，脸上是由衷的轻松的表情。她说这句话的声调至今保真地存在我的脑海深处，以至于现在我一说"舒服"这个词，就感觉竟和妈妈的声音一模一样。

生命无可挽回地趋于死亡，我们无能为力。

生活教会了我们，有些事，我们不愿意看到它发生，但我们不得不接受；有些人，你以为在生活中不可或缺，但我们不得不放手。母亲过世一转眼已经四年了，我已经接受这个现实了。但是直到第三年，我仍然不能触碰她的东西：她和父亲的书信、照片、笔记本。

无可讳言，心理上的变化是几乎与母亲逝世同时产生的，看人看事都不一样了。父母不在了的世界，我们没有了可以妄求的对象，没有了肆无忌惮倾诉的对象，没有了无条件包容你的一切的对象。生活好像有了一个空洞，家族也仿佛没有了向心力。当我们兄弟姐妹五人送母亲的骨灰与父亲合墓，然后我们相互拥抱告别，各人准备动身返回到各自的城市，开启自己的生活时序的那一刻起，我便清晰而深刻地意识到我们已经成为故乡的访客，无由羁绊、无人在意，一种开放的孤独存在。

中国有句老话叫"眼泪水朝下流"，我已经失去了为我哭泣、为我欢喜、为我流泪的人。

附一

每一次怀念都是重聚

母亲过世一百天，刚巧文艺社有车到安庆办事，我便搭顺便车回到故乡。我并不知道自己回去要做什么：我不会回爸爸妈妈的老房子，因为我受不了；我还要随车当天返回合肥，所以也没有时间去墓地祭奠。但是我就是想回家，想离他们近一点。我可以到楼下的小食铺坐坐，吃一顿每一次我们回家妈妈都要下楼为我们去买的牛肉包子，还可以用妈妈的眼睛,看看住在对面的他的弟弟我的舅舅,并在舅舅家吃一顿家常菜。

因为是临时起意，当天往返，所以回去之前我并没有对舅舅舅妈说。我想，他们没有可能不在家里。

可是到了安庆我下了车，当真无人应门的时候，我才明白是我疏忽了。

我站在紧锁房门的楼梯口，一边是舅舅家，舅舅家没人；一边是妈妈家，妈妈不在了。该往哪里去呢？真正是没有地方可去啊！这个念头直杵心脏，并痛彻心扉。

所谓：又见小城，故人不在。仰望长天，细听风吟。

仰天长望，其实是祈祷看见父母的身影；另一方面，是不让自己当街垂泪。

我一个人，站在故乡的街头。一边等表妹的车来接，一边怀想那些失落了的岁月，死去或离开了的人们，以及终归都要渐渐烟消云散的思念。

妈妈生长在优渥之家，自小讲究过年过节的礼俗和排场，嫁到老徐家，生活虽然节俭了很多，但是这个习惯仍旧保持着。所以我们家一直保持喜庆节日的传统。每到过节，母亲总是把家里收拾得干干净净，上街买回来许多菜，给爸爸打下手，张罗一大桌子好吃的等我们回家。过节是我们家最热闹的时候，哥哥一直在父母身边，自然是早早就到了家，我们几个做女儿的也都会在节日的时候尽早赶回来。嘻哈喧闹，红红火火，节日是我们家最期待的日子。

母亲离世的第一个中秋，母亲用心维护着的生活秩序开始显现出某种程度的坍塌。没有团聚，没有欢颜，家族群里孩子们也都很安静很乖。

那天从巢湖向婆婆请安归来，我坐在自家楼上阳台的青花瓷圆桌边，为母亲点了一炷清香，回想着母亲坐在这里的样子。

阳台还是老样子，景致也是老景致：一挂壁灯，一顶明月，一杯红茶。壁灯幽幽，花香幽幽，竹影幽幽。这是一个索寞的中秋节，有点难挨。

不知往哪里去，也不想往哪里去。望月，听风，任思念飘摇。

当晚作《阮郎归·思慈》一首——

漫漫秋风拂秋江，

桂香落叶窗。

鸿雁无计递书还，

迢迢明月圆。

思无疆，人影单，

无语泪双行。

故乡难再是故乡，

何处可凭栏？

母亲的一生，对父亲而言，是贤妻；对子女而言，是良母；对她老人家曾经教诲过的学生而言，是良师；对单位部门的同事而言，是益友。坚强、智慧、乐观、向上、豪爽、洒脱的性格伴随了母亲的一生。

仕刚为母亲写了一副挽联：

聪慧怀德 爱兼友朋 忠厚亲情处处见

达观向善 荫及子孙 淳朴家风代代传

——这是对母亲一生的最好写照。

母亲并未走远，她只是去和父亲团聚。天堂里没有病痛，天堂里有父亲等候。

每一次怀念都是重聚，在时间的针脚里，妈妈真实而隐形地活在我们的心灵里和血脉中。

附二

道一声珍重

孟晓兰

海燕：你好！

谢谢你送来的《话别母亲》（对不起，我自作主张加的名），让我有一个机会，和敬爱的吴阿姨道别，同时也补上机会和我敬爱的徐叔叔道别。

我静静地坐在电脑前，跟随着你的文字，你的音乐，你的画面，你的深情，缓缓地走回那个我曾经是那么熟悉，也永生敬仰的世界。吴阿姨和徐叔叔相濡以沫、相亲相爱的一生，不止为你们这些儿女子孙，也为我树立了生活的楷模。他们让我相信人间确有真情在，而这真情可以是永恒的。

当我吞咽着被背叛的泪水，当我在离婚的痛苦中苦苦挣扎时，是吴阿姨和徐叔叔这样的榜样，使我对爱情和真情还保持一如既往的向往。我知道吴阿姨可能会依依不舍地离别，因为围绕她的儿女、子孙们的深情呼唤。但我相信吴阿姨一定走得很平静安详，因为她的心已飞到了徐叔叔的身边。在天犹如比翼鸟，我希望这是他们另一世的象征。

每一个个体的生命都是短暂的，但吴阿姨和徐叔叔留给我们的却可以让我们回味永远。我虽不是吴阿姨和徐叔叔有血缘关系的儿女，但吴阿姨和徐叔叔是看着我长大的，他们于我也是亲如父母。遗憾的是，我摔断了手，没有和吴阿姨见上最后一面。但我坚信吴阿姨和徐叔叔在天有灵，会听见我深情的道别，会看见我双眸的热泪：阿姨，走好！阿姨、叔叔，保重！

生离死别，人生之悲哀。为人儿女子孙的，感觉更重。但吴阿姨和徐叔叔的一生又是何等的可敬、可惜，能如此真情、深情地相伴一生，足矣。

Shirley Meng

2012年06月09日 02:47（星期六）

注：孟晓兰、焦红和我从小学起就是最要好的闺蜜。晓兰现在美国定居，我母亲去世时她手摔伤了没法赶回，于是用一只手慢慢打字，发此电邮。

风烛一世——我的太婆婆

1. 太婆婆江正阁

太婆婆是我外婆的母亲，名讳江正阁。从字面上看，应是出生在读书人家。因为外婆叫江德华，所以江姓应该是太婆婆夫家的姓，而她的娘家姓氏反而没人知道并且已经不可考。那时候，凡是涉及所谓“封资修”即封建主义、资本主义、修正主义内容的东西，都是大人们的禁忌，尤其是像我们这种成分比较高的家庭，对家庭的过去、根底这类话题更是避之唯恐不及，噤若寒蝉，哪里还会主动去碰它？所以我因无知而无邪，根本想不到中国还有诸如女子出嫁之后要改随丈夫姓氏的奇怪习俗、莫名文化！（图1）

当我们读小学的时候，太婆婆已经十分老迈，但是身体很硬朗，无病无痛，能吃能做。二十世纪五六十年代的中国不搞计划生育，反而因为经历过战争，认识到人是革命生产的第

2. 我与大妹妹

一要素，所以学习前苏联鼓励生育，孩子生得多不仅有物质补贴，甚至可以获得“英雄母亲”的称号。我的父母倒不是想获得什么称号或实惠，只是因为十分恩爱，因此小孩子一个一个接着出世，大的才断奶不久，便怀上了小的。由于害怕小孩子睡觉不老实踢着孕妇，所以妈妈一怀孕，大孩子就被带走交给外婆和太婆婆。后来我们隐隐约约知道，爸爸妈妈大床上不准我们去睡觉的时候，就是弟弟妹妹要来了。

我是老徐家长女，虽说是女孩子，但是待遇却比哥哥高。老徐家一直男丁兴旺，我只有一个老姑奶奶，也只有一个姑姑，可是二爹爹三爹爹二叔叔三叔叔可以一个一个往下续。所以徐家各房都一直把女孩子看得特别宝贝。哥哥出生的时候，虽说是长房长孙，祖父也只是寄来了贺金贺词；而我出世的时候，我奶奶亲自从合肥赶到安庆，代表祖父来探看孙女儿。

我是一直被太婆婆亲带的，白天跟进跟出，夜晚睡在一头，所以她老人家特别疼我，偏心偏得毫无顾忌，用今天的话说叫偏袒到离谱。大妹妹经常不服气，提出抗议，说凭什么去粮店叫姐姐拎油我背米，洗衣服叫我搓叫她清，她还是姐姐呢！太婆婆却说她不该计较，言之凿凿："不就买十斤米吗？不就你们几件小衣服吗？你力气比她大，性子比她强，你和她计较什么？她那么乖，打也打不过你，说也说不过你，她不就大你一岁吗？"弄得大妹妹有冤无处申。（图2）

我小时候真是非常乖，胆子小加上想象力丰富，所以又怕黑，又怕静，又怕坏人，又怕鬼怪。就是哭，也不像大妹妹那样号啕无忌，而是无声地抽泣，泪水汩汩流淌且源源不断，看着就让人心疼。有一次家里只有妈妈和我两个人，我肚子痛，赶上妈妈要出门，她就把我往痰盂上一放，叮嘱："我一会儿就回来，你坐着不要动。"可是这个"一会儿"实在太长了些，等我太婆婆回家的时候，我已经哭得鼻青脸肿委顿不堪。一追究，我在痰盂上已经坐了将近两个小时。从此，太婆婆对我更加关注，不让我落单，生怕我委屈，一直到比我还要胆小爱哭的四妹妹出生，太婆婆的注意力才分散了一点。（图3、4）

3　4　3. 洋娃娃一样可爱的四妹五妹
4. 我与四妹五妹

太婆婆一生生了两个女儿一个儿子，年纪轻轻就守寡。因为儿子的一只腿先天残疾，她怕改嫁孩子受委屈，所以终身坐吃家产没有再婚。到她的大女儿我的外婆嫁给我能干的外公的时候，她的家产也吃得差不多了。于是她跟着女儿过门与女婿一起生活。女婿虽然生性风流不够检点，但对太太足够殷勤，并不嫌弃丈母娘小姨子小舅子吃他一口饭，所以彼此也能相敬如宾，相安无事。

外婆一生好性儿，与世无争、与人无夺，属于“是你的我不要；是我的，你要就给你”的那种。对丈夫的出格行为，她一直不闻不问，只要不在她的眼皮子底下胡闹，只要她有钱花有麻将打，她就只当一切没有发生。外婆不生气，太婆婆却气得不行，对女婿经常语带讥讽，不给好脸色看。女婿为哄丈母娘网开一面，安排小姨子小舅子到自己任台长的国民党侦查台上班。这种一损俱损一荣俱荣的裙带关系，终于使太婆婆嘴软气短。

新中国成立后，外公因为历史问题（军衔中校）被定为“历史反革命”，判刑七年。所有家产，如自组的京剧团被国家接收、大华饭店三层洋房被充公，全家几十口人只得在政府留给他们自用的后院的饭店浴室中居住。所有的经济来源都断了，家里就靠典当过活。吴家的亲戚们陆陆续续都搬走了，只留下老的老小的小四口人坐守困境。外婆一点主意都没有，太婆婆便再次担当持家的角色。她在后院开辟了一小片菜地，又安排外婆在门口摆了一个大碗茶摊，幸亏当年收理饭店泔水粪便的农民非常善良，时不时进城送些米和菜帮衬帮衬“好心的吴家娘子”，每年年底还有些鸡蛋，才又把生活调度过来。

因为食宿书本费用自理，我的母亲放弃了南京水利专科学校毕业后被保送南京水利学院就读的机会，转读师范，1952 年毕业出来工作并且与我的父亲结婚。太婆婆又领着外婆和舅舅，跟随外孙女，与孙女婿共同生活。（图 5）

5. 太婆婆与母亲、四妹

在太婆婆看，孙女婿也是风流倜傥一类的男子，但与女婿最大的不同，是他对她的外孙女一心一意、死心塌地，绝对是好人家的好男儿，她很放心。况且毕竟又隔了一代，看到小两口恩恩爱爱，五个漂亮的麒麟重孙绕膝寻欢，老人家心肠柔软不少，所以在我们重孙辈眼里，她老人家只是一个慈祥而干练的老太太。

太婆婆偶尔露“峥嵘”，是在“文革”开始。（图 6）

6. “文革”期间，太婆婆与我们合拍的全家福

因为母亲的“社会背景不好”，爸爸在单位一直小心翼翼做人，巴巴结结做事。可是即使是这样低调克己，由于不是“红五类”出身，他仍然完全不能避开运动。只要有什么风吹草动,他不免要遭受一次“陪练”冲击。心情的沮丧可想而知，行为的谨小慎微也就自然而然。上面要求什么，他就像养成了习惯，自觉而迅速地从自身做起，严格加以执行。对此，太婆婆完全不能理解。

“文化大革命”开始后，随着红卫兵运动的兴起，破“四旧”运动开始了。所谓破“四旧”是指破除旧思想、旧文化、旧风俗和旧习惯。由于当时对于“新”和“旧”的概念根本没有任何标准，如何破，中央也没有说明，加之红卫兵的激烈和无知，破“四旧”变成了摧毁文物古迹，焚烧艺术品工艺品，抓、打、监禁甚至杀害所谓阶级敌人和黑帮分子以及抄家的同义词。

在破“四旧”中，最令人胆战心惊的莫过于抄家。一个小小的安庆市就有成百上千的家被抄，这显然是破天荒并且荒谬透顶的。爸爸愈来愈感到不安，觉得躲得了初一躲不过十五，总有一天红卫兵会光临自己家。他和母亲商量，把衣橱里妈妈的旗袍、连衣裙全部裁剪成我们几姊妹的衬衫和短裙，西装能改的就改，不能改的就送给话剧团当演出服装用。他们从床肚里把两只大大的藤条箱子拖出来，吭哧吭哧地把祖父送给他们的结婚礼物——满箱子的明清瓷器抬出家门，一套一套取出来，一件一件从话剧团二楼排练场的走廊砸到一楼的露天阳台上去。（精美物件漂亮的自由落体，坠地刹那的粉身碎骨，伴随那种像用小刀划玻璃一样尖厉的呻吟，构成我一生最阴森的音像特效记忆。）

随着那一声一声清脆的破裂音响，太婆婆从家里冲出来，企图用干枯瘦小的身体阻挠孙女婿的败家行为。可是那有什么用呢？毋庸置疑的失败之后，她的哭诉随之而起。妈妈和外婆赶紧把太婆婆架进家里，告诉她这些东西留下来就是祸害，是要惹事上身的。外婆问她，是东西要紧还是你的孙女婿要紧？妈妈还说，不仅东西要砸，还不能表现出不情不愿不舍得，否则，砸了也是白砸。

经过家道中落，太婆婆显然知道家中失去顶梁柱的厉害，孙女婿是万万不能出任何事情的。她收住悲声，转身回到房间上床躺下，不再搭理任何人。接下来好几天，只见她挪动着两只小脚急速地走进走出，也不知道忙些什么。我要跟着她也不许。

红卫兵果然到我们家来了。那已经到了那年的冬天了。所谓红卫兵，也就是剧团里的大孩子们和附近的一些孩子。爸爸妈妈对他们客气恭敬得很，生怕激怒了他们，他们一个个却是冷漠和不太耐烦的样子，弄得我也很害怕，簌簌地颤抖。太婆婆把我拉过去，抱到火桶里坐下，自己抱着小妹妹陪在我身边。听说我们家主动清除过“四旧”，红卫兵也没有怎么翻箱倒柜就走了。过了好多年我才知道，太婆婆瞒着大家把一件明代朱红色小口大肚瓷罐（图7）和一件清代的笔洗偷偷藏起来了，就藏在我们取暖的大火桶里。我们知道后都非常后怕，要是被搜出来后果就严重了。可太婆婆说她想好了，一旦东窗事发她立马就去招认。她说她活了这么久，已经这么老了，也活够了。

后来妈妈一直用那个瓷罐做酒酿给我们吃。

哥哥初中毕业的时候，我们已经搬到西围墙十号的市委宿舍楼去了。那是两栋三层高的楼，前后有两个院子，用围墙与街道隔开。当

7. 硕果仅存的明代瓷罐

年建西围墙大院主要是由市委牵头，为市里各局主要领导及各部门骨干解决住宿问题，虽然号称市委宿舍，却并没有市级的干部入住。文化局分了南楼西单元西侧的三套，虽然是成套的房子，但僧多粥少，我们这套住的就是两家人。我们家因为人多，局里拨钱在院子里又加盖了两间平房，拉了一道门成了院中院，上下班就从自己小院子进出。

那时候上高中是有指标的。初中升高中阶段学生们面临四种选择：下放农村、进工厂、到兵团、升高中，看成绩也不全看成绩。哥哥在班上的成绩名列前茅，但当要在尖子生中几选几的时候，他主动把上高中的指标让给了自己的好朋友、我们小学班主任唐老师的独生子（唐老师没有丈夫），准备下放。太婆婆这时候已经有点糊涂，头脑一时明白一时不明白。她受不了她的独生重外孙到农村受苦，坚决不放哥哥走。她经常守在我们家小院子门口，对人说，她女婿出来到农村去了，她女儿也跟着下放农村了，外孙外孙女都回不了城都在农村和当地人结婚了，一家人七零八落，也该够了，重孙子不该再下放了。这话在当时是会引起后果的，好在那时候院子里的住户基本都在夹着尾巴做人，没有谁对这个小老太婆的话在意当真。（图 8）

8. 哥哥徐海程

哥哥到底还是下放走了。他走之后，太婆婆失魂落魄似的经常半夜起床去开院门，说她听见哥哥在外面叫她，说哥哥坐在我家搭建的平房的屋顶上告诉她饿了叫她给他拿东西吃。她糊涂的时候一直埋怨爸爸妈妈狠心；明白的时候就担心我马上也要毕业了也要离开她。每当她絮絮叨叨担心的时候我就哄她，说我不会到农村去的，我会一直陪着她的。妈妈一听这个话题就发愁，说一个走了已经这样，燕儿再走可怎么办呢？不过，太婆婆倒是真的相信我的话，只要我这么说，她就会安静下来。

终于到我高中毕业了，妈妈千辛万苦千方百计想把我留在城里。可是，她一个普普通通的话剧演员，有什么能力、凭什么本事做得到这一点呢？好在已经到了“文革”后期，下放的政策较之以前略为宽松，只要有地方投亲靠友，只要你下放离城，组织上可以把你的下放关系投放到你联系好的地方。居委会的人三天两头地上门催问："你家可联系好下放的去处了啊？如果还没有，街道就要统一安排啦！"所以每当我从外面回家，离家愈近便愈感到不安，感到巨大的压力。如果远远望去有陌生人在家门口逗留，我甚至不能决定该不该掉头躲开。另外，我还觉得自己很丢脸，像是一个逃兵、一个懦夫、一个懒鬼，不肖且不孝，连累全家人被昭示在光天化日之下。

坚持了一年，除了太婆婆，全家人谁都坚持不住了。妈妈知道我生性腼腆，也比较脆弱，她很舍不得。即使下放，她也希望有人能在我需要的时候帮衬我一把。她想，即使是哭泣，面对墙壁也比面对人类更绝望些吧？那年的冬天，妈妈让我到我舅舅家去过春节，去看看我外婆，其实她的本意是让我去看看农村、看看农村的生活，好有个思想准备。她已经决定让我下放到我舅舅工作的宿松县去，虽然那是安庆地区所辖八个县中最偏远的一个县，地处安徽省西南皖鄂赣三省结合部，但民风淳朴，关键是舅舅家在那里，她比较放心，就像当初舅舅待在她身边一样。

那是我第一次不在自己家里过春节，太婆婆虽然舍不得，可是知道我能替她去看望外婆，也就没多说什么。我离开那天，她送我到我家小院子门口就走不动了。我们一行步履匆匆往车站赶，她走得好慢。我说婆婆你回吧，不用送，我过几天就回来啦。她说你走吧，我看着你走。临出大院子大门口时我回头张望了一眼，太婆婆果然还在那里送我，门框中一个小小的佝偻着的人影，面向着我，一动不动。（图9）

我在舅舅家里迎候过春节。在舅舅的安排下拜见了舅妈娘家诸位长辈，见识了真正意义上的农村家庭、农村环境、农村生活。也去小姨的夫家大队看望了外公，之后才回到舅舅家陪在外婆身边。农村给我的印象虽然荒凉、简陋、不干净，但是我喜欢那里人们脸上质朴的笑容，很真诚，一眼看到底。

9. 太婆婆定格在我心里的样子

那天半夜，我睡在外婆的床上，半夜里突然安静地自然醒了，感觉脸颊上有一股风轻轻拂过，非常清凉的风；屋子里好像有人走动，静静的，魅魅的，从床边走了出去。我仔细倾听，心里并不惊慌，以为是外婆。但这时外婆从床上坐了起来，披衣下床。我正想开口询问，就听见了堂屋里有东西坠地的声音。外婆点亮煤油灯，疾疾走出门去看，感觉过了好一会，只听见她喃喃地说：婆婆走了。我的心立刻慌乱起来。

第二天早上我们接到打到供销社的电报。果然，太婆婆半夜安详去世了。身边只有大妹妹一个人。

我一直没弄明白为什么在半夜那个时间点会只有大妹妹一个人在家。我问过妈妈好几遍，就是记不住，也就不再问。我还记不住我赶回安庆究竟看没看到太婆婆遗容。应该是看到的吧？可是我不能肯定。那一段记忆对我而言是空白，怎么想都想不起来。我所能肯定的是，我是她老人家最偏心袒护的人，可是在她需要我的时候、她去世的时候我不在她身边。反而是她不特别在意的重外孙女琳儿守护她咽气，为她换老衣，守候、陪伴她最后一程并且为她守孝。每当想到这里，我就觉得自己特别不孝，特别羞愧，特别伤心。

到了三月底我就下放了，三月二十五号。我下放的程集区长铺公社五星大队是全区的先进知青组，在一座石头山的山脚下，是专为安排我们知青开办的一个林场。林场从公社的每个大队抽调了一名劳力带领我们做农活，管理严格，一年只能在春节期间回家一次。即使是农闲，也得晒着太阳组织学习。除非有非常特别的理由可以到区里知青办请假，否则在乡下必须坚守一个完整年才能回家。第一年真的特别难熬啊。我得出早工回来吃早饭、出上午工回来吃午饭、下午再上工回来吃晚饭，一天从早到晚记一个满工，一个满工两毛七分钱。第一次听到这个数字的时候，我在心里换算了一下，两毛七分钱，差一分才是买一包东海香烟的烟钱。我爸爸当时就抽这种牌子的香烟。我顿时觉得自己非常渺小和无用。

那么长时间，我只是打足精神应付眼前的一切。睁开眼出工，回屋就吃饭，出门再出工，回来再吃饭，再睡觉。最记得那农村夜晚窗外墨汁一样浓厚的黑。刚刚下放想家的时候，我曾经像在家里一样，习惯性打开窗户往外看，看天，看月，看城市的灯光。那天我也打开小木板的窗扇往外看，那不见一丝亮光、浩瀚深邃的黑暗扑面而来，挟裹身心，让我非常震撼，以致后来三年我完全放弃乘夜远眺。那一年，我一次都没有想过太婆婆，她也一次都没有入我的梦。

快过年的时候，我终于坐上了长途汽车回家去。车子一发动，我的心就已经飞到家、飞到亲人身边了。汽车行驶不久，我看见车头前面一个衣着清爽的瘦小老太太，迈着小脚女人踽踽的步子，朝我走来。那么熟悉，那么亲切，我浑身一激灵，仔细看去，还是。虽然佝偻着背，但她昂着脸，面目清晰，颜容慈祥，仍旧完全迎面地缓缓向我走来。走也走不近，始终距离我三五米远，但是始终在走过来，走过来……

是我太婆婆！我立刻热泪盈眶！

这一路，她一路在行走，我一路在哭泣……

这件事我很久没有和任何人讲。我下放三年，统共回家三五次，往往返返，太婆婆陪我行走了整整三年。所有的情景情境都一模一样，像是三维投影，周而复始，一直到恢复高考我离开宿松去上大学。

上大学之前，我把这个奇异的过程告诉了妈妈。妈妈说，太婆婆是最疼你怜惜你的。她怕你胆小害怕，所以事事不要你做，也不去扰你。光天化日，你总不至于害怕了吧？她这才去看你。她是放不下你。到死她都是偏心的。

大学一年级我坐汽车从省城合肥回安庆过了一次暑假一次寒假，太婆婆没有出现。第二年清明节，我专程回安庆去给太婆婆扫墓。那天，天气晴好，旷野上吹拂着微微的风，风儿送着淡淡的花香。蓝天白云之下，我在她老人家坟前呆坐了很久。我问她：婆婆，你不再来看我，是不是说明你把我放下了啊？

全家福

摄于二十世纪六十年代初

摄于二十世纪六十年代中期

摄于二十世纪七十年代初

摄于二十世纪七十年代中

家中又添新成员：左一三女婿龙道水，右一媳妇吴萍

摄于二十世纪七十年代末，有新的家庭成员加入——后排左一小女婿姜青

摄于1983年，徐家孙女徐灿百日，前排左一是嫂子吴萍。大女儿徐海燕（作者）和大女婿过仕刚站在后排右二、右三

摄于二十世纪八十年代末，少了定居珠海的四妹一家三口。孙子孙女绕膝欢——前排外婆怀中是姜卉（五妹女儿），外婆左边依次是徐灿（哥哥的女儿）、龙飞（三妹妹的儿子）和过牧旸（作者儿子）

多情如是

我是一个怎样的女儿呢？妈妈过世大半年以来，我经常为一个问题纠结。那就是要不要对妈妈的发小、老友、台湾的杨伯伯报丧？

我自以为妈妈是希望对方知道自己的消息的。自从去年杨伯伯给妈妈寄来他老人家一笔一画、工工整整、长达十页纸的亲笔长信，妈妈也很快做了回复之后，我就体悟到了他们的情谊——在不写信的年代写一封信，抑或在不写信的年代想发一封信，然后保持期待并计算着回音，不是在想念那个写信的年代，就是只想用专属的笔迹，以娓娓私语的方式跟那个特别的人说说话。所谓“见字如面”！

可是，妈妈生病住院，其间出院回家疗养后，自己完全可以打电话却没有告诉杨伯伯自己病重的消息，抑或是那个时候她没有气力？抑或是没有去想这个问题？又抑或她不愿意留给杨伯伯自己凋谢衰迈的印象？妈妈一直疑惑自己的病，也曾追问我们，当时我们掩饰和照顾得很好，她一直不认为自己就会不治。

另外，春节到现在这么长时间，杨伯伯很反常地一直都没有打电话过来。我一直心思惴惴，不知道他那边是不是也发生了什么问题。我的冒昧举止必定引起杨伯伯的悲伤，又会不会引起杨伯伯病况的加重？

人是讲究见面缘的。我和杨伯伯二〇〇四年在台湾见过一面。那时候大陆与台湾还没有直航，我们是去香港参加国际书展之后绕道台湾。妈妈让我给杨伯伯带了两条中华烟，我们电话约好了时间地址，杨伯伯到我下榻的酒店来看我。所以感觉比较熟络亲近。后来他和妈妈的联系主要通过我。

记得那年他和我交谈的话题，除了国民党在台影响日渐西下，他们这批老人淡出政坛之外，就只是妈妈、只是对初恋对友情的回忆、只是两岸分隔这么多年他对自己老父老母的牵挂。他对当时辗转托请妈妈有朝一日代替他为老父送终而妈妈居然做到一事表达了深深的感激和感动，等等。

那次的所谓交谈，我基本只是一个单纯的倾听者。在见面起初他问完我妈妈的近况之后，接下来的两个多小时就是他一个人在说话。我从来不擅长与陌生人交流，虽然感觉与他并不生疏，但我们毕竟第一次见面。我一方面倾听，一方面自然而然地进入职业状态：把他叙述的过往，与妈妈、外婆叙说的故事碎片几厢印证，像一个阅读者在看一部多视角架构的作品，判断，并还原出生活的旧貌。

杨伯伯的叙述具体、细致、充满热情，比妈妈零零碎碎对我说的故事更真切。妈妈的讲述要淡漠得多。我记得她说过杨伯伯的父亲在世的时候经常去她工作的解放电影院闲坐聊天，那时候她已经离开安庆话剧团，而电影院与杨伯伯的家都在安庆西门。有时候老人家过来会带来台湾的新消息，但大多就是“寡坐坐”，很依依的样子。还记得她说过杨伯伯曾拜托她代替他参加他父母的百岁诞辰祭，结果因为他们家提前利用假日操办过了，所以没能完成所托。她对我说这件事时表情的怅惘给我很深的印象，当时我虽然年少，却能感受到她情感的微澜。

听杨伯伯的故事，我明白了他们的交情不像我妈妈说的那样轻描淡写。

当然，后来杨伯伯时不时打电话过来，只是问我“你妈妈现在在哪里”“她现在的电话号码是多少”，就是这样直接的急切的口吻。于是随着妈妈避寒避暑南下北上，杨伯伯手里就有了我们所有姊妹的家庭电话和手机。

希望杨伯伯一切安好吧。秋风渐凉，冬雪将至，节令更替，更是老人家该保重的时候。我一方面常常这样祈祷，一方面又很小心眼地想，如果杨伯伯也有什么不测，我报他们不报，不是自己找没意思吗？所以我一直按捺，惦记着，没有动手去拨杨伯伯留给我的他家的任何一个电话。

周一朋友来家里玩，我一直知道杨伯伯的侄女和她是电视台的同事，几经踌躇，终于决心转托她问一问对方她大伯的近况。我对朋友解释：我们彼此虽然都知道两家上辈的渊源，但是从来没有直接交谈过这个话题，所以还是委婉一些好。

那天晚上终于等到朋友回电话了——杨鹏（曾用名：杨志航、杨长寿）于 2012 年 2 月 14 日（正月二十三）因哮喘、肺气肿，直至器官衰竭,经抢救无效,故世于高雄海军总医院。遗骸存于高雄市金宝塔。

我的头脑一下子发懵发沉，放下电话，好半天愣愣怔怔不知所以，满心满怀一种坠坠的暗暗的疼：他们都走了，时间相差不多，都走了。终归错过，终归没有见到最后一面。人生就是这样，物有情人有情岁月无情。缘生缘灭，各有定数。

孤天明月照，难忘是曾经!

附

杨志航先生信件全文

美芝：

我已是八秩的老人，但仍浸忆着一甲子多岁月的种种。难道第一次竟然那么的深？

想起六十多年前，安庆并不是一个开放的都市、前进的社会，但我们应该是够前卫的。沿江路到大闸子小南门，有着很多我外婆家的亲戚，有间木材行，有靠“三北”码头鱼行的，他（她）们都看到我俩。事实上我们无惧他人的眼光。他们告诉我外婆，“你家的长寿经常与大华饭店的千金从我们门前过”，“在很多照相馆有那位小姐照相样本（那时尚无模特儿名词），跟她小姨的照片”，“那位小姐稍微黑一点，但很漂亮”。这样，我外婆才知道，告诉我姆妈、爸爸。说真的，（你）在安庆很拉风。套句现在的话，很“大红”。有人不知你名字，但都知道大华饭店的黑皮！这并不是坏话。如果说安庆有位“杨志航”，因是沾了你的光，因为你是安庆市大都市照相馆橱窗里的宠儿，我是你的好朋友。那时你的确很拉风。

到台湾那几年，在很多地方都碰到一些安庆的老乡，虽然我根本都不认识他（她）们，但他们能叫得出我的名字，“你是皖钟戏院吴守椿千金的×朋友”。他们甚至能说出我当时的穿着，什么皮夹克、小马靴，等等。相互一谈，感到特别亲切。你可记得在大华饭店，宪兵招兵的广东人黄宇樑，在台北联系上在安徽大学念书的皖北人韦玉华，也是与他同学陈小姐结婚，都在台北之郊淡水大学教书。有一年我在海军的船在淡海修

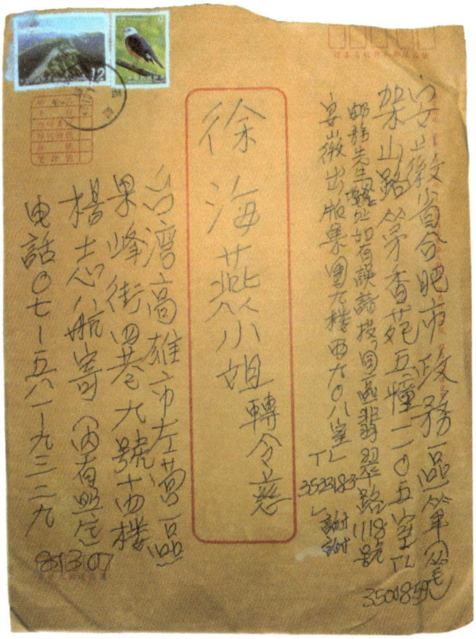
徐海燕小姐 轉令慈
台灣高雄市左營區
果峰街四巷九號十四樓
电話〇七一五八一一九三二九

船，曾多次访晤他夫妻，现已去美国四十余年，已是学界侨领，多次回台，言谈之中，仍很怀念在安庆的种种。至于董丽君，家居新竹，我曾拜访她家，见过她的双亲。董丽君虽长得不怎样，但风度很好。加上当时外省人与外省小姐少，她在新竹很出风头（其父为将军），也很活跃。后来嫁给空军（因新竹空军多），已移住美国，后鲜有来往，地址不详。也都是八十开外的人。她比我们都大，与唐长生同龄，小周广标一岁。周广标大我两岁，周广标与我同时改名，他叫周健，海军陆战队退伍后转台湾铁路局工作，在台湾铁路电气化有着一定的贡献，现已退休，住嘉义，与我经常联络见面。他安庆的家是在天后宫，开健民医院，其父其兄均为医生，其兄周广明仍是我大弟长庚之妻杨秀英之学生，杨秀英曾任多地学校校长，周广明他夫妻我回安庆时都见面，上次有你夫妻的宴室上应该见过面。周广明已于前年病逝。周健曾多次回安庆，他说未曾见到你至为遗憾。大前天与他通电话，他甚愿于今年返家同行，老友畅谈欢聚是颇为难得之乐事，期望这一天的到来。

说到在安庆，我几乎每天都到你家楼上，那么的自然，毫无忌惮，同时也受到外婆与小姨的欢迎。真是好怀念那段日子。那么美好。闭目一想，犹如昨天。你家楼上有个小阳台，站在那儿可见到等客人的黄包车夫，沿江码头，经常靠的是小军舰，他们发饷就在甲板上数大头。经常靠的是一艘名为“健康”的军舰。健康军舰舰长是邱仲明，到台湾后他任大的驱逐舰舰长，我与他同船，天下就有这么多的巧事。我大孙女杨孟秦念的大学就是韦玉华执教的大学，淡江大学。这是台湾最北、冬天最冷、地势最高的大学。当然现在韦玉华已在美国不在淡江。下次他回台一定告知他有一个学生是我孙女。

你记不记得开放以后你在我父亲处见到张家姐妹，其中有一个年纪比较轻的张家老四，她是我在安庆结识的第一个女性朋友，我与她交往与你有些关系。我 1948 年认识她在先,她的家人都知道。也常到她家玩，她父亲也是电报局的人，唯时已去世。大家以为我们会 **，她自己以为是如此。自认识你以后，我与她就比较疏远，在此时有人为她介绍一个军人，她与她二姐（就是与你在我父亲处见过那个年纪大一点的）正式找我询问我的态度，说我如果一直疏远下去，她就要与那位军人订婚。我的答复是“祝福她，恭喜她”。她也就先订婚。1949 年解放后，她未婚夫已来台湾，没有结婚。1950 年以三十两黄金托人自安庆将她与她母亲（其兄早已来台）、二姐三人，以每人十两黄金代价经香港来台，1950 年 7 月到台湾。她与她未婚夫讲好条件，到台湾三个月找到杨志航就解除与他的订婚婚约，找不到就履行婚约。她离开安庆时在我父母处知我在海军，而且他们住的地方离海军基地半小时车程，所以来找。殊不知我已改名，到哪儿去找杨志航？遂于 1950 年底结婚。1951 年夏，我与友人就在她住的风山街上打乒乓球，打了一身汗去吃冰品，在路上遇到她姐妹二人在逛街，时她已结婚半年，如半年前找到我则结果不知如何。事实上我根本没有 ×× 打算。其兄在安庆相识，亦知我的部分，他来台也并没有联络到我，但他坚决反对他妹结婚，其婚礼她哥哥都没参加。问题我改名字他们都不知道，我也没有在早期禀告父母，我怕父母不高兴，未经同意擅自改更名字。她早期在台湾与我晤面时总是想与其夫离婚，因为我未婚。我答以你已有儿女，丈夫又对你好，不要有这个念头，我们不能走错误的一步。一直到有一年，我们海军办舞会，周广林约她参加，在舞厅见到我现在的妻子（土著），是与当场最高长官司令开舞，她一气之下与周广林离开现场，自此开始就没有纠在一起的念头。唯到现在为止常联络，她所住的地方离我现在家，开车不塞车的话约半小时，完全以亲友视之，其儿女亦如此，我妻亦知此情。她先生于数年前去世，其生前亦与我晤面。她与我关系我父母皆知，所以她每次返乡都会去见我父母。我父母知道你也知道她，唯一不知是杨曼琳。不过在北平首都和你见到杨老五，始知状况（以上是骨刺发作时写）。

杨曼琳是个很骄纵的人，叫人也大声，我也是先你认识她。她虽娇纵，我却不吃她那一套。她父亲是当时安徽省保安副司令，每次回家其勤务兵都会喊“副司令回府”，别人都躲起来，包括她姐姐的男友，唯有我仍在干什么就干什么。她父亲见到我还说“这个小孩一点都不怕我”。我第一次（回）到大陆，他儿子到钓鱼台宾馆见过我，长得不错，个子也很高，我也到他们住的公家招待所见过她，畅谈一切。唯感她神经有些问题的一句话：“你下次回大陆，要先见我。不要见完吴美芝再见我。”事实上我在台湾的地址，杨说还是你给她，怎么可以说这句话？可笑，神经。她曾来信多次，现已淡了。筱梅之名是因为当时我们六人（唐长生、董丽君、周广林、李中蓉、我和你）曾在一起玩，大家有意结为兰谱，以上述为序，长者唐长生，幼者是你，将我名为“筱蕾”，你为“筱梅”。“筱”为初生之竹，“蕾”为花未开放之称，“梅”为“菊兰竹梅”中最耐寒者之香花。当时之所以我们六人常在一起，另一个原因是：周欲追董，董要追唐，唐要追李，李对杨好，杨对吴好。如果吴对周好，大家立定而后转，则都配成对。但事与愿违，唯有我们有了进一步的发展。正同你说，似懂非懂，想起来蛮窝心。蜜甜的（往事），深值恒念！！

你现在改的“潇”的字义是“风大雨急的样子”。你是冬天出生的梅，梅花在天气越冷的时候开放得最好。有一句歌词“梅花越冷越开花”。“梅花象征是坚忍”，你老了命运应该是很好的，风大雨大下之梅花，必是坚忍又乐观地开放。

附着半世纪之前之婚照与去年九月的近照，似为两人。这是去年因肾脏炎，每日服用二杆位低剂量之类固醇，人称“美国仙丹”，治疗发炎极为有效，唯其后遗症是食欲强、饮水多、会肥胖，所以造成体重直线上升，那时体重高达八十二公斤。因为体重腰杆受不住，压着脊椎至生五节骨刺而剧痛，寸步难行，痛不欲生。经多位医生诊断，认为以我的年纪又有气喘病，不宜大麻醉，开刀割除最后状况是死在手术台上。此间著名骨科医生不敢动刀，且开刀后遗症更多，如残废。老命要紧，遂遵医嘱。自减肥开始，“类固醇”减半服用，饮食控制在“晨饮一杯肾脏类专用牛奶，一两重包子一个，二两苹果一枚；午餐手工水饺十二枚，金色小番茄二两；晚餐二两汤米粉，瘦肉二两，金色小番茄二两”。少喝水，不吃黄糖食物，最喜欢吃的巧克力只有看子孙们吃。尤其是美制的我女儿带来的高糖量的水果也不碰。自骨刺发作，春节至今，体重已降至七十三公斤，大有效。我的目标是六十七公斤，但愿有成。吃了两个多月同样的餐食，我却不会厌烦，想吃些什么，这样才能持之以恒。我现已戒烟三年有余，戒酒十年以上，过去我抽烟抽得很凶，平常四十支以上，打牌、写东西超过六十支。过去我最佩服戒烟人的毅力，连我在台的二舅（现已往生）都说“长寿，你的烟根本戒不了，因为你一起床一睁眼就抽”。过去我自

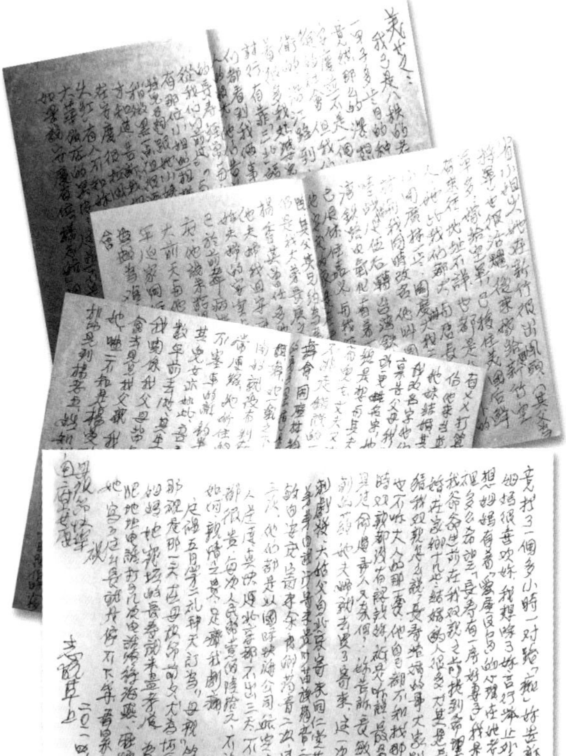

己以为烟我不可能戒，三年多前一天晚上看电视时突然一阵风，好像告诉我说你不能再抽烟了，从此就把烟戒了。既没有替代物，如吃口香糖、用戒烟药，也不是有病而戒烟。有许多朋友看我能戒烟，认为这是不可能的事。因我抽烟抽得太凶。事实我都戒了三年多，连自己都不相信。至于酒，过去因为工作的关系，有时一天四顿酒，早晨饮茶都喝酒。我酒量不错，一次能喝一大半瓶白酒。虽然下午我自己主持会议，中午照喝,一点都不影响我主持的会议之品质。在整个港区很少有人敢跟我拼酒。在家中除了年节不喝酒，自退休后就不喝酒。虽然家中存有不少各类酒，但对我一点引诱力都没有。我现在不喝酒，过去的老朋友都认为我是装腔作势。

我双亲百年诞辰，弟妹们抽出时间提前祭拜，你未能逢其会。你有这个心则感激你。长敏妹夫妇还是老安庆，找你弟家竟找了一个多小时，一对“路痴”。你告诉他们我姆妈很喜欢你,我想除了你言行举止外表外，我姆妈有着“爱屋及乌”的心理。在她老人家心里，多么希望“长寿有一房好妻子”。我是长孙，我爷爷生前在我双亲之前提到希望我能早婚。在家乡，十几岁结婚的人很多，尤其是长子。你猜我双亲怎么说？“长寿结婚的事大家别操心，他也不听大人的那一套。他自己都不知找哪一个。”那时双亲都没有认识你,只是听说,最多远远见过。命运弄人又奈何？

你告诉长敏说治骨刺的药，她夫妇就去买了寄来，这一次我骨刺剧发，大姑夫自北京寄来同仁堂药膏，弟弟自武汉寄来贵州苗族药膏二次，长敏自安庆寄来余良卿药膏二次，连这一次三次，他们都是以国际快递公司航空快递专人送达，真快！从北京都不出三天，不过邮资都很贵，每次都人民币壹佰陆拾元。不论药效如何，亲情之贵，足疗我剧痛。

这里五月第二礼拜天定为“母亲节”，你们那里是哪一天？在母亲节前夕,尤为怀念我的姆妈,她宠坏的长寿却未尽孝道。为了问合肥地址，打了几次电话给徐海燕，麻烦她，谢谢她。写了这么长，就是停不下来，看累了吧？

祝母亲节快乐

阖府安康！

志航 草上

2011 年 4 月 11 日

私意·女人的故事
摄影

每个人都有属于自己的一片森林，

也许我们从来不曾去过，

但它一直在那里，

总会在那里。

迷失的人迷失了，

相逢的人会再相逢。

即使是你最心爱的人，

心中都会有一片你无法到达的森林。

——村上春树《挪威的森林》

林少华 译

有故事的女人

女人的故事，描绘的是一个由各种感情线编织的世界，在这个世界里，每个人都曾经或者正在坠入爱情，像被闪电击中，具有偶然性，逃也逃不掉。由此生发的，由不得自己的浪漫也好，热情也好，暧昧也好，忧伤也好，不刻意，不油滑，不做作，不以功利为目的，所以真挚而饱满，华丽而丰致。

其实每一段爱情都含有暧昧的成分。我所说的暧昧，不涉及道德和标尺，而只是属于彼岸：多姿而风流，温厚而甜美，伴生漫长而根深蒂固的情意，却又有身不由己的苦衷。与那般玩暧昧的暧昧，掠夺式的、挤压式的、迷惑的、暗黑的，是有根本区别的。

爱情是女人成长的方式，爱情也是女人减压的方式。所以不管你是哪一种性格，选择哪一种生活形态，都不可避免地会在爱情里经历自己的成长与成熟，在认识人生的同时认识世界。恋爱的女人如此，婚姻中的女人如此，外遇的女人也如此。

在有故事的女人们看来，相识的长短，未来的虚实，又有什么关系呢?

借用重瞳看待死亡和再生—— 只要倾情，哪怕一瞬，哪怕永诀；要萌绿便可萌绿，要枯黄任其枯黄!

我相信所有美好的东西都曾被苦痛打碎，冰裂的记忆被深埋在心里。可是我仍然相信道德、善良、真诚、公正和爱。我永远相信梦会实现，相信好人比坏人多，绝不相信所谓“胎记性的国民性”。我爱这些有故事的女人，爱她们的感情有道德底线，雅正善良、平和、执着、植物性；爱她们有一颗干净的心，一边认识世界，一边让自己内心强大。

在朋友的朋友圈里看到这样一段话——

“佛说，这一世所有的相遇，都是上一世的重逢。爱了，是续写前世故事。恨了，是了却前尘仇怨。没有哪次相遇可以准备，没有哪次重逢可以预演。生命是一场情理之中的意外。”

我恍惚，这是佛说吗?

K歌之后

没有牵强的理由，不想搪塞任何人，不愿停留在感伤里，所以用力地快乐、用力地欢笑、用力地高歌。当SS钻进怀抱，把流泪的脸埋藏进我的胸口，疼惜的情绪立刻像水银泻地，无孔不入地在心中浸漫。

似乎看得见她悲伤的缘由，但却没有办法去触碰和消解。她需要的我给不了,所以只好禁口无言。轻轻抚拍着她的肩膀、她的秀发,同时，一任自哀自痛的辛酸像攀藤植物的卷须攀缘而上，挟裹我的身体，肆意生长。

每个人都有自己的心魔。单身有单身的苦恼，失恋有失恋的伤痛，聚少离多的年轻情侣还有思念的纠缠，每个人的心魔只能靠自己驱除消解，其他人，即使是至亲至爱，也是无能为力。况且，漫漫人生，能发泄还不算是最坏的状况。怕只怕苦不能言、伤不能治，那可就离死不远了。

想想灰心得很，一下子就红了眼睛。当音乐空白的时候，我们彼此都接受到一种体贴与默契，一起松开了臂膀。

分手的时候我坐上了摄影家的车。小幺居然耳不旁听眼无旁顾，实话实说，真正也算反常得很。她那么聪慧机灵、真诚对人的人，无视我们的动作沉耽于练麦，也让人很不放心。我虽然自顾不暇，让她一个人孤零零返家，怎么着也觉得不妥。

唉，人一多情，心怎么这么累呀！

一路上，小幺喋喋聒噪，车行到她家楼下，还意犹未尽不愿意上楼。她仰着脸愉快地说："我荡会儿秋千就回家，你到家后给我信息噢。"夜半月华之下，她的小脸显得洁白秀丽。

这一刹那，我真的希望自己和她们都能在快乐之中盘桓，不要想很多，不要太复杂；不为情累，不为事苦。希望每个人的人生多一些幸福的因子。

但是想归想，做得到吗？

子夜有一种模糊的暧昧，当它是 24:00 的时候，它是一天的结束，当它是 00:00 的时候，它是一天的开始。

明天已经来了。

闺蜜说

龙卷风
我昨晚在你前天的日记里留言，你没有看见吗？
我知道，狂欢过后只能带来无尽的悲伤和惆怅！苦不能言，伤不能说，才是真正伤心断肠人！你怎么不对我多情一下呀？现在不关心我啦？
呜……
最痛苦的是，现在连消解伤痛的时间和精力都没有！或许，用工作来麻痹自己，也是一种砂堆吧！

徜徉林间的风
上了一天课，我已经累得半死。关心你，心是十分百分有余，力是一点半分不足。怎么办呢？

斯斯
每个人都有一段悲伤　想隐藏却欲盖弥彰
龙卷风也有龙卷风的眼泪和痛
孤单是一个人的狂欢
狂欢 是一群人的孤单

徜徉林间的风
用工作来麻痹自己，就是一种砂堆！

wps
风：我来关心你了，我来看你的日记。我没有日记可写，是因为无事可写。希望你多写点，我多看看，与你一同欢乐。

菩提树下的梦
仲夏夜，小妖给自己结了一张网，躲在网的边缘，期待会有快乐自动撞上来！
快乐吹着哨子来了！
轰隆一声！
快乐太沉！把网撞了一个老大的黑黝黝的洞。
原来，捕猎快乐的代价如此之大。

菩提树下的梦
羡慕小妖！
灵动狐魅！有七十二变！不沾尘埃！轻盈！跳脱！
每一种都是沉重的我无法企及的！
我只能守在老老一棵菩提树下，做我菩提树下的梦啊！

Fox
随着众人欢乐，陪着自己孤单。不为情累，不为事苦，那需要怎样的境界？或许，为情累，有事苦，更丰富了人生的滋味？

爱或不爱只凭你自己

张小娴有一篇题为《爱或不爱》的文章是这样描述当代大部分人的感情现状——

从前总是认为只有爱和不爱，现在才知道，除了爱或不爱，还有其他。不是不爱，也不是很爱，这才是大部分人的感情生活。

若你能找到一个你很爱他的人，这是你的福分。当你问起大部分人，尤其是男人，你问他们爱不爱身边的女人，他们不会说不爱，也很难会说自己十分爱对方。爱和不爱之间，还有很大的空间，有时候，甚至大得有点令人迷惘。

你有时候觉得自己很爱他，有时候又觉得自己不爱他。

他不在身边的时候，你会思念他，回味和他在一起的那些美好的日子。然而，当他在身边，你也许会想念着另外一个人。即使不是如此，你也会常常和他吵架，你会嫌弃他这样那样，你会发现他不适合你，你巴不得一个人生活。

你有一阵子爱他爱的疯了，觉得他什么都好，又会有一阵子对他完全没感觉，你不想亲他，不想和他拥抱。

到底你是爱还是不爱？假如不爱，为什么都会思念他？假如是爱，为什么有时候又会没有感觉，甚至想放弃？不是只有爱或不爱吗？为

摄影 _ 刘姜

什么我们却在爱与不爱之间惆怅呢？

这一点都不奇怪，就像黑与白之间还有灰色一样，爱与不爱之间也有模糊。

模糊是非常暧昧的东西，非常不可捉摸。在一般情境之下，只能说它是生态文化给定的。

每一个女人的体内都有生活女主角和诗话女主角这双重身份。当她是生活女主角的时候，女人的生存生态造就了她需求物质的丰裕，舞台的扩大、眼界的提高，使她在纵深和高度上都有了新的生活标准。这时候，她最需要的是导师是同伴是合作者，是可以晋职加薪、攒钱还贷的丈夫。你不能引领她的崇拜、提升不了她的生存质量，她会累，会巴不得一个人生活，好去追求无羁无绊追求冲高。当她是诗话女主角的时候，女性需求居于第一位。她厌恶市井生活的喧嚣和嘈杂，需要的是暖男，要体贴，要情趣，要耳鬓厮磨，要全心全意，要生活美好美丽，琴声悠远悠长。两种需求造成两种标准、两种心境、两种风格。最为难的是，诗话的女人和生活的女人根本就是一体并存角色互换的，你根本没有办法以时以地截然区分，所以才有又爱又不够爱，又爱又不爱的现象。

原因或许不奇怪，结果却是千奇百怪。

但是归根结底，生活是有其内在规则的，真正抉择爱或不爱所能依据的只能是一个人的品性——不是听他说什么，而要看他怎么做。所作所为，是评判一个人的标准。固然重大的变故或诱惑会改变人的一生，但通常，人是通过成千上万个小决定来改变生活的。一个妥协的选择必将导致若干个妥协的选择。如果想走捷径或者想用目的来忽略手段的正当与否，就有可能一而再、再而三地做同样的事，最后让自己变得与希望的自己的样子面目全非。

其实女人男人都一样，爱或不爱，全凭你自己。只不过男人说出爱的时候，爱的高峰即将过去;而女人，酝酿到忍无可忍才会说出爱意，说出之即正当饱满，说出之后永久反刍。

总体而言，女人比男人浪漫，她们不愿意忘记、不相信无情。

闺蜜说

斯斯

这个世界太过复杂，人情复杂，人心复杂，感情复杂。

这个世界有好多中间地带，绝非非黑即白。

可能也正是这样，才造就了这个世界的所谓精彩和无情。

爱也好，不爱也好——人本来就一直在变，唯一不变的就是改变。

不经意抬头看见了天

下班已经晚了，索性再晚一点。于是决定步行回家。

从暖暖的办公室出来，穿过马路，行走到没有几个行人的红星路上，久违了的宁静和轻松袭上身来，忙碌一天的疲惫和厌倦像一件旧衣服似的被丢弃在地上。

刚刚出了四九，已经不那么寒冷。不经意抬头看天，半盘月亮高高地挂在干干净净的湛蓝湛蓝的顶空。虽然不圆，但是月色真好；空气清凉而不凛冽，也好。真的希望所有的朋友都能同享这一时刻的安宁。若在屋子里，希望他们能走到窗口，探出身子看一眼天光；如在屋外，愿他们闭上眼睛做一个深呼吸。那种舒服的感觉，只能感受，只能享受。

立刻发信息。

朋友们的反应大不相同，有趣极了。

小龙女喜出望外的样子，自我感觉好得不得了："给我写的？谢谢！我转发了。嘻嘻！"她之所以"嘻嘻"而嘻，是因为她认为她的亲密网友"他"准喜欢！嘿嘿，我回讽她："你完了！"

静丫头十分乖巧听话，她来到阳台，按照我的指示，做了深呼吸。"楼下腊梅花的清香隐隐约约，让人心神安宁。""可惜是对面的高楼遮住了月色！但横生的枝丫衬着暗青的夜空，倒也别有风姿。"她的感觉和我最为贴近。

小可人的呼应是标准的冷幽默："虽然没看到月色（窗户紧闭），没感受到清凉空气（波比味道更重），也没到窗口探身看天光（恐高），更没做深呼吸（怕狗味），但分享了你的快乐（真年轻），已经非常非常快乐啦！"这家伙，从不放弃任何调侃人的机会。气不过，只好数落她的生活状态："可怜的都市生活城里人！"

岚儿不改记者本色，点评说："看来心情不错。在这浮躁的社会，还有此念的人，少啊！"

除了她们，这条信息我还发给了过同学。他倒好，回的信息让我窃笑窃气到肚子痛。他居然问：什么意思？不明白！

这有什么明白不明白的？不需要搞明白，只要去感受啊！

难怪雪芹老先生说女人是水做的骨肉，男人是泥做的骨肉。他们根本不是同一品类！

戏作——

冷凝梅花香自留，

月半何处泊离舟？

光清月明人望尽，

卷帘倚户上西楼。

不诉离殇

身在其外的人，怎么读得懂别人的忧伤
所以最好的安慰是倾听，或者移情
需要的时候有你们是人生幸事

地球不会因为某个人的伤心绝望而改变运律
梦里无望到不见天光
一觉醒来，窗外是崭新的冰莹世界

可以嗤笑、可以微醺
就是不能触景生情不能环抱温暖
不能无所事事不能联想

脚下是厚而蓬松的新雪
发出细微清脆的碎裂的声音
单色居然也能美到令人惊艳

风雨冰冻强冷暴雪天气，气象红色预警

航运关闭汽运关闭火车站游子们人山人海

只不过向往阖家团圆喝一口暖茶吃几顿热饭

家的魅力爱的诱惑朴素生活的简单希冀

猫炕在床上的幸福人儿不予体会

回家去，回家去，不诉离殇

闺蜜说

倏尔小妖

悲伤拥堵在心里，像越积越厚的雪，怎么也化不了，何不蘸着缕缕梅香，慢慢回忆、怀想、思念……

我是死忠读者。我等待。

旺恒

心在一起，所以会与你一起悲喜；

心在一起，所以不诉离殇……

斯斯

醉笑陪君三千场

祝我幸福 祝你幸福

侈心

只是想，什么都不做，算不算过分？

她告诉她：

有的时候，是的。

她们有一搭没一搭地说着话。

背景音乐正在放 Richard Hawley 的《打开你的门》。

迷蒙诗一样的声音和节奏在房间里回荡，

重复的节奏，很纯净，很轻。

仿佛生活中一个又一个小循环。

爱的希望，寄托在不合时宜的对方身上。

短短的一瞬，感觉到关系与昨天已有不同。

心神不宁。彼此说谎。

也没那么严重，只是言不由衷，

没有说出事实的真相。

摄影＿山水之间

就像是两条平行线，

相对独立地存在于各自的一维空间，

在日常居住的熟悉的三维空间里，

平行相邻生存。相安无事。

平行线永远不会纠结，

灯火遥遥，微风徐徐。

不可触碰，

但两两相望。

爱情不在，爱情犹在。

蔷薇伸出触角攀爬欲望的边缘。

不应该的邂逅，无话不说……

不应该的渴望，无话可说……

风花雪月不能天长地久，

历经坎坷，就可以一爱到底？

男人和女人的角力，

充满犹豫忐忑和不确定。

看不透的一方，固执逗留，

希望能够笑到最后。

糖放的多与少，关系咖啡的苦与甜；

一念的取与舍，决定生活的苦与乐。

所谓：色易戒，情难防；

觉悟似刀，责任如山。

总是找生活索要多一点点，

就是侈心。

闺蜜说

菩提

侈心就是业障吧！但谁人能免？

越怕受伤就越易受伤。

人世这么短又这么长。总有时间伤愈，总还没等到伤愈又添新痕。

不怕，就清醒一点，但装作醉的样子闯一闯。

反正闲着也是闲着。

雁过沐阳

罗柏 · 布劳特：比说谎更可怕的，是用一生来维系谎言。

独属于自己的节日

她默默地坐在自己的电脑前，独处于城市的一隅。

默默地栖息于另外的城市的一个朋友正在沉睡，开始过独属于他自己的节日。

循环一年三百六十六天，有好多个节日纷至沓来，有关国家的、有关信仰的、有关组织的、有关性别的，虽然都很值得欢度，但是最私人、最隐秘、最珍贵的，是独属于自己的那个日子——出生之日，那个最值得与朋友分享的节日。

对他而言今天就是那个日子，他的生日。

独在异乡为异客，他在他居住的城市没有一个亲人，却拥有很多朋友。他性格是那种不喜欢任何形式上的虚伪做作的一类，做事很依赖自己的直觉，对于人生偏好顺其自然，十分具有概念和想象力，兴趣广泛。举凡周遭一切的事物，不论是属于文化上、心理上、生理上、情绪上或精神各个层面的事物，他都很有兴趣与人探讨，所以交了形形色色不少的朋友。

也因如此，他的人生比起别人来就显得具有比较大的变动。在很多时候，他的做法的确显得与众不同：他喜欢改变，不喜欢被绑住，

摄影 _ 过仕刚

既想要安定的人生，又渴望拥有自由，可以四处行走，自在地追随自己的梦想和理念。所以在他那里，他随时可能舍弃合乎社会逻辑的做法，而跟着直觉走。对他而言，换工作、搬家或是人际关系上的重大改变，都是很自然的事。

这让她不太习惯。

当他表现得十分得体，彬彬有礼时，他行事有所坚持、目标明确、深沉而且专注；但是，有的时候，他也会表现得十分专断、不轻易原谅他人、多疑而且气馁，并且对于自己的偏见毫不妥协。

这些让她总是担心。

却又于事无补。

当太阳升起之后，一定会有很多朋友给他打电话，约好晚上大家欢聚一堂，听歌、喝酒。在大家的祝福声中，他会吹蜡烛，分生日蛋糕，吃一小碗长寿面。会烛影摇动，笑语喧喧。

这些她能想象得到。

她是不会把他的生日遗忘的，可是她只打算安安静静地在寂静的子夜默默给他祝福。

想起郑智化忧伤的歌：祝你生日快乐，有生的日子天天快乐，别在乎生日怎么过……

告别的纪念

“生命是一个孤立偶然的存在，此前和此后皆为虚无。”这是现象学家熊伟先生对生命的描述。

这种对生命本质的领悟，源自于对世事法则的洞明，直接尖锐地揭示出了人们对死亡的恐惧，其实就是对虚无的恐惧。

恐惧和焦虑都是有道理的。从存在到不存在，从曾拥有到被剥夺，难道不值得具有绝对的忧伤吗?

我因为要联系一位工作同伴，所以在手机通讯录字母W栏里搜寻。在往下翻的过程中，刚过世的朋友“吴役兵”的名字赫然显现出来。我的动作僵持了。

这个号码再也不会使用了，投向虚无的呼唤，不会再有任何回音。理智告诉我这个事实。

可是删除吗？一时，还真舍不得。

对生命的体验和绝望，此时此刻，非常强烈!

一直想去看她一直没有去成。有次我在省委医院吊水，半个月中来来回回每每经过她住院的病房大楼，总是仅仅投以注目和祈祷，因为我同时在感冒，所以害怕把她传染了——癌症病人抵抗力一定比较差；再后来到市里办事，又好笑一到市里就身不由己，连开小差的时间都找不到。所以和朋友约定一起去看望她之前，我已经为她做好了几件事——买一件漂亮的羊绒衫，天气凉下来了，男人家办这种事她不会满意；几本好读的新锐图书，让她暂时地脱离现实的苦厄。还草拟了一份几种清爽干净的小菜菜单，准备让她先生去操办，我们可以在她病房里陪她小酌，等等等等。

和大家一样，和你我一样，她曾经走在自己的坦途上，有计划，有梦想，有曾经爱她和她爱的人。可是正当我们约好要去看她了，却得知她已经香消玉殒。一切亲情友情爱情的表达都已经嫌迟。

我清晰地保留着她给我的最后印象，虽然确诊为癌症，虽然化疗剃掉了头发，她还是那么飒爽的一个人。我们去看她的时候，她没有给我一丁点探视不治病人的压力。以学医出身的病人的口吻，平静清晰地叙述病情，性格中至今保留着部队大院长大的孩子的明朗。还有明亮的笑容，洁白健康的牙齿。

我可能是一个对死亡后知后觉的人。记得爸爸住院的时候听到护工说“老人家生命真顽强”，我除了生气没有任何预感！只有那天老徐家唯一的孙女徐灿出嫁的时候，我才为爸爸不能参加灿儿的婚礼痛彻心扉！

摄影 _ 刘姜

还有在第一次去看望她之前，我和她在电话里讨论买假发、做新的连衣裙的事。她说：“我有假发的，只是不愿意戴，觉得不像自己。现在行走都不方便，连衣裙穿不上的，去年新买的一次没穿的还有，我都想着送人呢！高跟鞋是绝对不能穿啦！”那么坚强而且从容。探视结束送我们出来去电梯间，她站在病房门口目送我们，我回头和她挥手道别，并不知道那就是最后的诀别，也没觉得特别悲伤。

现在想想，她是学医出身并且一直从事专业，对她而言，她会比其他病人更深刻地了解自己的状况。我现在明白，最残酷的事不是大家因为忙碌而疏于探望，而是，她一直清晰知道自己不可能再拥有家人，不可能继续照顾他们，明白自己不可能有机会张罗独生儿子的婚礼，并且再也离不开病床。

我很难过。

看看大千世界，人们为工作而忙碌，为生活而奔波，脚步匆匆，神色漠然。每个人都有属于他自己的故事，还有他自己的未来。忙是理所当然的。可是发自内心的喜爱和欢悦本来已经凤毛麟角，美好的情感和美好的感觉，如果再被那种事不关己视而不见听而不闻无动于衷冷漠寡淡的自私与丑陋蒙蔽，人郑重其事地活着又有什么意义？！

生命如此脆弱，所以，你爱某个人，要告诉他；你想念谁，就去看他；想为谁做什么事情，哪怕为自己，都不要耽搁。生命往往经不住耽搁。生命也没有返程。突如其来的什么变故，会使你和你热爱的一切阴阳相隔，永无会期。茫茫尘寰，所有的遗憾将没有机会弥补。别说没有来生，即使有，借用一句网络熟语，“你们也不一定碰得到”。

有人说，生命降临本身就是一场冒险！

可是，又有谁会因为生命的脆弱而宁可错过体验生命的美丽和奔放呢？

况且，谁也做不到在出世之前思考这样的问题吧？“未出生之前的徘徊者”，是卡夫卡的境界。

人类最大的勇气，恐怕就是乐观健康的生存吧？爱自己，爱他人。

所以，我将保存记忆。

以此作为告别的纪念。

闺蜜说

倏尔小妖

冠盖满京华，斯人独憔悴。

低声吟唱着的那个样子，我知道你乍悲乍喜，感受着生活的美好和残酷。

不知道你唱的是哪一段，但那时，我想起《锁麟囊》里的唱词：

一霎时把七情俱已昧尽，参透了酸辛处泪湿衣襟。

我只道铁富贵一生注定，又谁知人生数顷刻分明。

斯斯

生命如此脆弱，所以，你爱某个人，要告诉他；

你想念谁，就去看他；

想为谁做什么事情，哪怕为自己，都不要耽搁。

恭喜遭遇爱与热情的你

兰，你好！

收到你的信件已经半个多月了，迟复为歉。

收到你的好消息我非常非常高兴。当天我在QQ空间的日志里用几句话记载了当时的心情——

今天和嘻哈部落的女友们去了汤池，有温泉，有回忆；

还有土鸡汤，有韭菜饼。

今天得知晓兰终于决定把自己再嫁出去，

居然是个长得像明星（人种如此）、不知道多么爱她的老美。

今天有朋友为补偿欠我的下午茶承诺为我做家传秘制红烧肉。

今天还拎回家够我对付整个星期的烧好的家乡菜。

今天过得很烟火气，很八卦，很温暖。

一直没有给你回信，一方面是因为中旬正值我的杂志截稿期，我必须保证节奏，先完成审稿发排工作，另一方面是我想好好给你写一封信，聊聊我们的昨天、今天和明天，聊聊想念和其他。

因为欢喜，也因为被你讯息的冲击，一时间，似乎想说的话太多、流转的心思太多，觉得只有静下心来找一个相对完整的时间，才可以从容地做这件事，结果一延搁就到了今天。

马上要过第三个周末了，我在放松放任的状态下，却反而不知道如何下笔了。也因为如此，我就随性，想到哪里就写到哪里吧。

没有盘根错节，没有传统，没有干预，不需要正名，不需要额外关注，你选择了一个能和你携手共同去走下半生几十年路的男人，这很幸运；并且他爱你，你们的关系基于爱情走向婚姻，更是幸运。

你知道吗，我和红一直非常牵挂你，除了因为你一直漂在美国，还因为过去生活对你始终有影响。红还好些，尤其是我，很不喜欢你离婚三年以来还和W先生以朋友身份相交，还互相"帮忙"，还因为这种"帮忙"形成的误会影响过你的人际交往！我们不说谁对谁错、谁是谁非、谁帮谁多大忙、谁该承谁多少情，可是这是一种尴尬的状态、尴尬的关系、尴尬的人情。这个现象对人很有压力，很不健康，还可能有后遗症，维持下去算是什么一种情况呢？！

也许就是因为这一点吧，我对陌生的简称"丹"的先生具有最初的好感。他促成你下决心摆脱这一切，很好。

当然，生活不是实验话剧，不是说他仅仅促成你的觉悟我们就对他的角色有了印证。真正对他形成好感的其实还是你对他的一句介绍——"他是一个开火车的司机，干了四十年这份工作。人很朴实，也很聪明。"我想，一个能坚守四十年做自己喜欢的工作的人，一定是一个朴实可靠的人吧？不为花花世界的纷扰苦恼，至今还保持纯真笑容的人，也一定是个大度散淡的人吧？经过头一次婚姻的波折，对任何人而言，大度散淡都应该是一种珍贵的品性吧？

你们的结合，让我从心底里承认你已经成为那里的居民，再也回不来了。从今往后，你读那里的报纸，看那里的新闻，关注那里的大情小事；以日常生活的方式与那里的道路、商家、书店、银行积累一点一滴的瓜葛；把自己的生活安顿为一个定点。我由衷地为你高兴。

在你我红三姊妹中，你本是较成熟的一个，较平稳（低调倒谈不上）。命运却让你有了比我们更多、更戏剧性的经历！如你所说，希望这将是你最后的归宿，同时希望这也是你最好的归宿，一个平安、幸福的归宿。

只是遗憾我们的交集，今后将固定为节庆之际的明信片邮卡形式。

这也不错。

当然，这也无可奈何。

拥抱你！并问候 Donald Coe 先生。

闺蜜说

斯斯

Happy ending，了结之前的种种不 happy，可喜可贺。虽不相识，却仍遥祝。

或许，与爱无关

夜，悄然而至。天上挂着半满的月亮。

多少个夜晚，她多少次不经意抬头看月亮渐盈渐亏。窗外阑珊灯火，蛙鸣阵阵。晕染在遥远灯光的点点温暖中，她不思不想。

不是不想想，只是，一千零一夜的故事，一千零一个晚上怎想得完？

·

他们自小亲熟，两个温馨和谐的家庭，夫妇任何一方的好友都是整个家庭的好友，于是延伸到了下一代，即所谓的“世交”。这样的无所不谈、无微不至，并没有因为她的婚姻而结束，只是隔山隔水，她没有往常那么多精力和他交流，自然地在过自己的日子。

外界都认为她的生活是美满的，只是，除非她自己可以忽略掉那些比实际的婚姻更令她疲倦的无趣和无奈。

于是，疏离不再。挣扎在爱与不爱的边缘，她开始往返穿梭于两座城池。

这是我的朋友与她的母亲的世交之子的简略的关系；也是我对这一段割舍不下的暧昧的爱情的浪漫想象。

有点拗口。

这就是所谓红颜知己、蓝颜知己吧？她试探过，自己有家室，而对方也并不打算与她有婚约，因此她并不担心。“我配不上你”，他的话没让她失望反而让她心生暗疼，于是更加关怀体贴。为了责任与承担，她也不能许下任何承诺，于是便实践了“比爱情少一点，比友情多一点”的哲言。

可是，由戏谑转而认真的追求式借钱，让她感到非常幻灭。虽然如他所说他本有钱，只是最近的项目遇到了资金困难。还有，他可能真的是把自己当亲人才会说出自己的难堪？总之，开口就是数万数十万啊！做经营管理出身的她条件反射性地想到资信、用途、期限、担保等评估概念，转而觉得自己很可笑，不是一回事，他们谁和谁啊？不能拿业务操作简单类比。

当然，借是肯定会借的，只是事情本身让人非常不舒服，被情感挟持——不借是自己残忍，与借是自己愚笨。

她说：当她汇出钱款的那一刻，以往对于被珍惜被娇宠的感激之情瞬间虚空殆尽；心底珍藏的青春的记忆，变了味道。

我也很失望，在这里，男人和女人各自演绎着爱情和幸福的关系，不幸的是，一个是生活，而另一个，真正是故事。

摄影 _ 过仁刚

闺蜜说

斯斯
哎 就这么变味了
暧昧是多么神奇的东西
遇到了钱居然也变了

幻幻
借出的是钱，也说不准把感情一起借出去了。这样的感情本身就很脆弱，难道还要拿金钱这种大规模杀伤性武器去衡量？

海那边
“以往对于被珍惜被娇宠的感激之情瞬间虚空殆尽；心底珍藏的青春的记忆”……就不是变味，是变质。

倏尔小妖
想起《金锁记》里的曹七巧，在那一刻的幻灭感而引发的歇斯底里……
在开口之前，男人就应该想到，这种做法不仅将女人置于两难，也是将一段云中漫步的情感拽到现实的污泥潭中，美好不再！纯粹不再！

小土豆
在我看来是一篇经典小说

旺恒
爱，该纯净点。
不知这个是爱掺杂了什么，还是什么掺杂了爱。
或许，不算爱——- 如你说的，“少了一点”。

人物关系之一——365 天

陷落的感觉逐渐增强，就好像电影结束了，虽然你从影院幽闭暗黑的公共空间回到现实的光明之中，明明知道刚刚结束的一切并不是真实的世界，但是却无法从内心深处不断辐射的私密体验中脱身。去年今天的这个时候，她的感觉就是这样。她固执地去思索故事结束之后人物的命运，从树叶的缝隙中仰望天空，看到的一切是那么缥缈，那么灰暗。

365 天之后，她不再是那个黑暗当中的人了，在头顶的上方，树林已经不见，只剩下半坡上皑皑的白雪。人们将各自攀登，在山顶相会。回头看去，身后是各自踏过的脚印。

人物关系之二——剧本草纲

情境：无有下场　肝肠寸断

过程：相识是缘　相别是苦

事由：某人某事　没完没了

台词：你是我心灵的空间 我是你理性的垃圾

剧本内容——

婚外情：男主有社会的、人性的、功利的、亲情的种种缘由不能易帜和女主缔结姻缘。

摄影 _ 徐徐

闺蜜说

雁过沐阳
没有什么错过的人，
会离开的都是路人。
而你就是那个“路人甲”！

人物关系之三——也无风雨也无晴？

朋友在她的msn上给她留言，对她近期的精神恍惚提出忠告：泪使雨落，情使风来。劝君：

莫听穿林打叶声，何妨吟啸且徐行。竹杖芒鞋轻胜马，谁怕？一蓑烟雨任平生。　　料峭春风吹酒醒，微冷，山头斜照却相迎。回首向来萧瑟处，归去，也无风雨也无晴。——苏轼《定风波》

因为急着要出门，她只匆匆回复了一句话："谢谢！好词，好感悟，好友谊！再聊。"

虽然这之后见面彼此都没有再谈这个话题，但是友人的话一直在她心中萦绕。她明白，朋友借用苏词想表达的意思，无非是告诉她只要怀着轻松旷达的心情去面对，人世间的多少风雨都过得去。只要心中了无晴雨，泰然自若，自然界的风雨也好，情感上的风雨也好，都算不了什么，没什么可值得踯躅纠缠的。

外物不足萦怀之意，她又何尝不懂？

她诉苦说：但是思念和怀想，就像烟瘾酒瘾那样，召之即来，挥之不去，不是说戒就能戒得掉的。懂道理是一回事，亲身历练又是另

摄影 _ 郑玄

一回事。况且，她自认为他们之间只是红颜蓝颜的简单关系，有什么一定要避讳的呢？只是目前的状况，她自己心里知道，用红颜蓝颜来界定，有一点点自欺欺人。

但是随它去吧，除了爱或不爱，若有其他，也可套用苏轼的现成句子：缘起缘落皆天数，也无风雨也无晴！

闺蜜说

LEE Cindy
为问东风余几许？春纵在，与谁同！

雁过沐阳
里尔克有名言："此刻有谁在世上的某处走，无缘无故地在世上走，走向我。"

人物关系之四——刹那

听他说出来，她的心就慌了、凉了，灵魂深处有一个东西轰然坍塌，砸起满地灰尘。

风雪散了，皎洁的月光让记忆一览无余；潮水退了，涌动的痕迹呈现出离别的流程——不说出来彼此还可以留个偶然见面的机会；说出来之后再要见面问候，就是默许坚持、鼓励追求了吧？连自欺欺人都不能够了吧？

人的一生要身体健康、心理健康、道德健康，才可以俯仰天地，放言“无愧”吧？

他把她逼到了这个地步，她便清楚地听见自己的心“吧嗒”一声锁死了。只得如此。

为什么要说？说出来心里就轻松了吗？傻瓜。

如果真是说了就可以忘记和放弃，那就没有什么不变的关怀了。

闺蜜说

雁过沐阳

田野上鲜花盛开，脚下能踏出青草的香味。

忘却旧梦，落日会无比安详。

人物关系之五—— 彼此垂顾

他和她的关系是很奇特的。肯定不是暗恋，暗恋通常在年轻的时候发生，并且表现为默默痛苦并快乐着的一方对不知情的另一方的痴情。

肯定也不是单恋，并没有谁发生那么强烈的倾情和依恋。

还可以肯定也不是相爱，他们只是相互挂念着，有高兴或者不高兴的事情发生，都想着告诉对方一声；有什么苦恼或者疑惑，互相可以交谈和开解。但在他偶尔表示爱慕的时候，她却黯然魂销，然后转移话题。

他知道她也许思考过，也许有被吸引的元素，但是仍然无法爱他，所以并不将相依作为继续交往的目的，五年间换了好几任女朋友，可是仍然没有结婚。他们继续保持这样断断续续的关切。

她告诉他从来没有考虑过与丈夫以外的任何人厮守到老。她被两个人所爱，却不会放任自己爱两个人。

她也很想忘记他，如果他结婚了的话，她一定可以做得到不和他有任何来往。可是现在她不忍心。他为什么就不能找个好女人结婚呢？

我不知道她的话由不由衷，情尽了义务就尽了，还在关心关注，怎么还能说做得到什么做不到什么呢？

摄影＿徐徐

没有一段感情是不曾在心里鼓荡飘摇的。

在并不年轻的时候出现这样不好界定的情感，在我这个局外人看来，真正是在跟自己过不去。

镜像人生

喜欢善感和细腻的人

不由心动

感性和率性不是什么人都可以同时做到的

所以淡淡地怅惘

淡淡地微笑

“我已剪短我的发　剪断谁的牵挂

“剪一地不被爱的尴尬

“短短长长　长长短短

“一寸一寸在挣扎”

或长或短的碎发　断断续续地落下

在镜子里可以看见背后的镜子

和镜子里有背后的镜子里的她

镜像人生

心理上剪掉比物理上剪掉艰难多少倍呢？

大约只有反反复复挣扎的自己知道。

其实最准确的事实是——

唯有一再说服自己的自己知道……

女人心痛

木木的偶人恢复体温

恢复血色……

然后，无知无觉历过隘口

闺蜜说

斯斯

“我看见镜子里的我，在一片孤独的沙漠，熬多少黑夜多少眼泪只为灌溉那一朵蔷薇；

“不放手，就算到最后什么都没有，那又如何至少曾经我是我。”

不论多少镜子多少个我，只有这一个本我才是最真实的我。

龙卷风

我知道那是一个满心欢喜与淡淡惆怅的夜，彼时，我正独自被寂寞、背叛和甜言蜜语包围，在深渊里挣扎。远远地感受你们的浅颦低笑，心底涌动的只有怅惘……

菩提树下的梦

剪掉的，就无须珍惜。

就像纸包小心珍藏的陈年旧发，偶一翻检出，就像恐怖片一样惊魂。

彼时心情祛除后，无论曾如何珍惜，那缠夹不清，竟是龌龊不堪。

遗忘比记得重要！

不看比看重要！

你比他人重要！

摄影 _ 刘姜

徜徉林间的风
她们都岁月如花，为什么口吻这么清凉惆怅、老气横秋?
是时间的匆匆，让敏感的心灵虽然晶莹玲珑，但是更容易龟裂? 还是爱情的无常，风干了守恒、宁静、温馨、呵护、唯独的意义故而转投异度空间 ?
“无知无觉历过隘口”，那才是人生的大幸运，上天的大慈悲!
倘若是“有知有觉”身处隘口，就一定能够正确选择是回头是岸还是扑入万丈深渊吗?
我看未必。

愈——快乐可以传播

"治愈伤痛的是爱而不是时间"，说这话的女人不是一直被命运之神娇宠，就是神经大条般勇敢。

我知道她不够勇敢但足够聪明，这个幸运的漂亮女人。

很高兴她保持这样好的状态和心境。为她干杯！

闺蜜说

天谰心
为知己干杯！

斯斯
用一段爱去给另一段爱疗伤……

Fox
有句歌怎么唱的，"新欢敷旧伤"？

菩提树下的梦
爱不是别人给的，是自己心里生长的。
自己的爱疗自己的伤，也是一种自娱自乐。
但人生就是受伤、愈合、再受伤、再出征的过程！勇敢的人无敌！

名士风流

最近在看一篇很难看又不得不看的书稿，刚性任务，无可奈何，只好硬着头皮看下去。有些地方要查资料，于是无意中看到了这个帖子；觉得此君有趣得紧，于是又转贴过来。闺蜜们好友们都是情感丰沛的人，较之古代名士之风流，比比今人，痴情如何？恣肆如何？深切如何？浪漫如何？

（荀）粲常以妇人者，才智不足论，自宜以色为主。骠骑将军曹洪女有美色，粲于是娉焉，容服帷帐甚丽，专房欢宴。历年后，妇病亡，未殡，傅嘏往唁粲；粲不哭而神伤。嘏问曰："妇人才色并茂为难。子之娶也，遗才而好色。此自易遇，今何哀之甚？"粲曰："佳人难再得！顾逝者不能有倾国之色，然未可谓之易遇。"痛悼不能已，岁余亦亡，时年二十九。粲简贵，不能与常人交接，所交皆一时俊杰。至葬夕，赴者裁十余人，皆同时知名士也，哭之，感动路人。

——何劭《荀粲传》

这段故事说的名士荀粲是一个特立独行之士，曾公然宣称儒家的六经典籍不过是圣人的糠秕，在当时青年才俊中独树一帜。这样一位文人雅士却和所有的文青一样非常看重颜值。荀粲说，女子难以才貌两全的话，还是选漂亮的好。于是旁的人都认为，在情感方面，那家伙也不过一个肤浅之人。

不过荀粲真就娶了一个著名的美女：将军曹洪的女儿，婚后和她情好欢爱，琴瑟和谐。史书声称，荀粲和妻子“专房欢宴”，把感情完全倾注在妻子一人身上。后来，这位美人得了重病，高烧不退。荀粲焦急之情无法抑制。他把衣服脱掉，大冬天里跑到院子里，把自己冻得浑身冰凉再回去抱着妻子的身体给她降温。现代人当然知道，他这样做是极其荒唐的。但荀粲就这样做了，这对妻子也许于事无补，但对荀粲却是一种安慰，想以此分担妻子的痛苦，有有难同赴的意思。老婆死后，荀粲郁郁寡欢，一年之后也死了。

纳兰性德《蝶恋花》就用了荀粲的典故：“辛苦最怜天上月，一夕如环，夕夕都成玦。若似月轮终皎洁，不辞冰雪为卿热。无那尘缘容易绝。燕子依然，软踏帘钩说。唱罢秋坟愁未歇，春丛认取双栖蝶。”

帖子说：“古人脆弱，动不动就死了。爱情这个东西，就是与脆弱相生相伴。人越来越坚韧，最后都不知道爱的是一种符号、一种共识、一种妥协，或是一个人了。纯粹的爱情对于自恋的个人来说，应是自毁。于是，谁都了解相忘江湖，言情至浅薄，谁离开谁都可以活得很好。

“罗朱二人组，梁祝二人组，也是个死，但都是中途收煞的路数，让人怀疑回避了爱情根本不能坚持到长久的真相。荀粲，少了些繁冗的铺陈，却结束得更加完整、苍白、惆怅。

摄影＿过仕刚

“好色的男人不减，再没像荀粲那样单纯、直白、心存执念的人。”

有一句话叫“真名士自风流”。荀粲卧冰、韩寿偷香这些有着火热情怀、深情款款的人物在中国历史上熠熠生辉自不必说，吴越王钱镠的美丽诗句“陌上花开，可缓缓归矣”更是一段佳话，寥寥九个字，平实温馨，情愫尤重，被清代学者王士祯赞为“艳称千古”。这让我们理解到：在血与火、剑与酒、傲慢与狂乱并存的那个年代，中国也并不是一无所得，它产生了这些知道什么是爱情的男男女女。

那时候，你看不清

时间是个有趣的过程，你永远不知道它会怎样改变你。

比方说，本来你活得好好的，吃喜欢的食物、喝喜欢的酒、看喜欢的书，或安心居住在自己的城市过自己的生活，可是后来有一天，却不喜欢了。

不是觉得曾经好喝的酒真的变得不好喝，而是有个被你信任欣赏依赖的人对你指出这酒还没有到好的年份，是你那时候还不懂得酒的好坏所以会认为它好。也不是你原先的生活多么无趣，趣味多么平庸，而是有人于茫茫天地间、无涯时光里，突然从天而降，彗星撞地球，告诉你你们才是命定的缘分。

据说当一个人得知对方喜欢自己时，本能的反应就是喜欢对方。这在心理学方面是可以解释的，因为人的本质是自恋的，对一个和自己一样成天想着自己疼惜自己的人怎么都会有几分好感。于是，无心、走心、动心；生情、入情、倾情，一场温情大戏正式开演。可是，人世没有单纯的快乐，一日心期千劫在，快乐总夹带着烦恼和忧虑，虽然，迷了魂中了蛊似的，你以为遭遇了爱情，但是又忘不了对方已经结了婚的事实，日日里的牵肠挂肚，分分钟的倾心相待，都掺和进“没有永远”的忧伤，全然忘记这与自己的初心落差有多大。

只是，女人和男人由相遇到相爱，都要经历一个过程。时间既是催情药也是觉醒剂。曾经那么多解不开的奥秘，曾经想不通的事情，曾经不懂的心，后来有一天，终于明白了。

比方说，开始的时候，你以为你所拥有的是浪漫，不要名分，与世无争，拥有一个很爱自己的人，拥有一段刻骨铭心的爱情。但是后来，你明白浪漫的爱情有一个前提，那就是“唯一性”，而你没有。后来的后来，你希望所有美好的东西都能够永远拥有，又不屑于开始与世相争。但是直到你熬累了、等乏了，才发现你如果不争就什么也不是，因为你连“唯二”都谈不上：他给你的，和他给别人的是一样的。后来的后来的后来，你终于幡然醒悟，悬崖勒马，明白迷情是一种吞噬。

为什么从前没有这种智慧？为什么从前不了解浪漫和婚姻？你奇怪自己曾经这么不科学，莫名其妙地希望在不属于自己的土地生根发芽。没有承诺、没有立场、没有身份，你凭什么要职场得意，情场得意，赌场得意，处处得意？没逻辑啊！人家告诉你说窃书不为偷，那即使拿了别人的书算是借的，借的东西也是要还的呀！对生活，要有合理认知和期望。

心醒了，世界的轮廓就清晰了。最后，人海里你再和那人照面，你发现当年“惊为天人”的有缘人，也只是一个平凡的人。你会不禁自问为什么会这样。其实这纠结是只能让时间来厘清的：你们两个人的相遇，本就应该一个人早一步，一个人迟一步，擦肩而过。

摄影＿小妖

柯艾略说过：有可能从命定的道路上偏离吗？是的。但是这永远是错的。有可能避免疼痛吗？是的，但你就无法学到任何东西。有可能不亲身经历事情就熟悉他们吗？是的，但是这些事情永远不可能属于你。

所以，也不必怪自己，那时候，你看不清。

闺蜜说

Fox

凡事的度最难把握，看不清，道不明。看太清，又失去了一些趣味。

平儿有佛性

平儿发议论，多有道理，没有见地的话她基本上不说，所以听惯了也就习以为常。一旦她说出特别正常特别守旧的言辞，保准吓人一大跳。

就思维方式和行为方式而言，一般来说，我比较温良恭俭让，她比较犀利麻辣烫。所以当她认定我们共同熟识的某位女士心智方面有欠缺——过于浪漫——的时候，我觉得我们交谈的双方发生了根本的角色错位。

我一直认为她是个欣赏浪漫的人，应该理解浪漫不专属于某一类人、某一特定年龄层。任何人，不管你有多老、有多丑，都拥有追求浪漫和享受浪漫的能力和权力。当然，前提是“不过于”。

她说，老迈和丑陋当然不是问题，问题是有没有结果。没有结果的浪漫不是浪漫，是浪费——浪费生命。

她还说：浪漫是有前提和结果的。既有法律的前提、道德的前提，也有快乐生活、健康生活的结果，否则就不要进行。如果，你的浪漫因某一种或某几种元素受到制约、遭遇阻碍，不可能也不应该产生结果的时候，就应该立刻快刀斩乱麻，收回心猿、勒住意马，干脆麻利地结束痛苦。

摄影 _ 朱晓丹

我认为她是将道德作为衡量浪漫应否存在的唯一标准了，照她的意思，婚姻中的女人是不该再期冀和享受什么浪漫的了。

岂有此理?

她说不是。

她说：当女人不愿意或者不舍得结束她现有的婚姻的时候，她就应该把注意力转至自己的婚姻，把自己的爱情经营出浪漫。

——一句似乎有道理的话。

想起收到过的一条短信息这样说：

佛问座下弟子：世间何为最珍贵?弟子曰：已失去和未得到。佛不语。经数载，沧桑巨变，弟子渐悟。佛再问之，答曰：世间最珍贵莫过于正拥有。

难道平儿有佛性?

为留不住的岁月送行

——群女生月宴

八月是好月份？秋天是好季节？

今天为三个好朋友庆祝生日——她们在不同的年头、相隔几十个小时，都在八月份降临这个世界。我们戏称八月为“生月”。

而当今，在这个忙碌的世界，无论是碌碌有为的男人还是碌碌无为的男人们，时间似乎都被功名利禄占满了。他们既无闲情又无逸趣交付给自己的女人。古董级的稀有的有情有义之士，也还有所谓“人在江湖，身不由己”的理由，除了将心意和歉意固化为礼物，难有其他表现。于是，贪婪的女人们，希望男人对自己像从前一样好的可笑的女人们，情感满溢的寂寞的女人们，心有不甘凑趣地聚集到了一起，自己为自己开起了派对。

今晚的生日宴，就是这样一批清一色的女人们在自娱自乐。

鲜花映衬着大家笑盈盈的脸，灯红酒绿之中，我们共同拾梦，分解孤单。满天流星，无穷无尽，为留不住的岁月送行。

耳闻贺语喧喧，目睹觥筹交错，我深深感慨女人比男人浪漫很多，也执着很多。

其实，群聚是一群人的孤单，微醺是一个人的狂欢。女人所希冀的，除了礼物，恐怕更多还是非物质的东西。她们最简单的要求，我想，不过是希望自己所爱的人知晓她的温柔，不过是希望对方付出可轻可浅的一颦一视一拥一握而已。

摄影 _ 朱晓丹

摄影＿山水之间

双相思

墙头马上，西厢月下，落红惊梦，长亭送别……

昆剧经典剧目的艺术形象在脑海中一帧一帧回闪往复，好魅，好美。

一吟一顿、半文半白写下这首颠倒诗，以记人世沧桑，人生过客。

摄影＿徐徐

客
来过
门已锁
自此经年
荒草蔓成窠

依稀红尘如昨
山野绽放繁花朵
姹紫嫣红暗香浮陌
心舞飞扬飞蛾扑灯火
美花眷把前尘旧影蹉跎

清风明月海隅关山相阻隔
半生回望兰房不堪不忍抛躲
扪心缄默垂首黯然擦肩错

拈花闲庭院举眸望星河
此身无由心心两相挪
免累卿锦程烟沙涴
流年绕指成沙堕
寂寞寒凉似灼

未忘曾吟哦
别不想我
无言许
为诺
作

死扣

她这边还在踌躇、

还在苦恼，

他那边早已经江山靖定、

乾坤清明了。

在离那座城市还有三个小时的路程的时候，她就开始思考她一路上始终回避的问题：告诉还是不告诉？见面还是不见面？

已经有过一次这样的思考，已经悄悄地往返过一次。近在咫尺，在思念，却硬生生坚持不相往来，滋味不好受，似乎也没有必要。大大方方，坦坦荡荡，问声好而已，会有什么问题吗？为什么要有那么多的顾虑？不明白。

其实她自己心里明镜似的，她这样勉强自己，实在是希望并且决心割舍这段牵绊。彼此有了心魔，就再也谈不上坦荡不坦荡了。

无望而守望，太伤人，不曾经历的人，不知道那有多痛。

到达酒店，工作团的同仁们忙忙乱乱，报到开单领房卡分房间，她静坐一边，坐享其成，神思游走，仍然没有决定“to be or not to be”。

突然手机发出“嘀嘀”的提示音，有短信进来。翻开一看，竟然是他！

“刚路过你的城市，去出差。”

她看到这样的内容非常意外，感觉血管之中流动的血液阻滞了一下：怎么可能这么巧啊，你来了，他走了，绝对像小说里写的一样。呵呵，真正可笑，她这边还在踌躇、还在苦恼，他那边早已经江山靖定、乾坤清明了。

真正是命中注定，不用你费神，老天已经安排妥当！

她眼前出现一段无声动画——在仿佛奇幻小说的异度空间一样的空濛背景下，两束生命之魂的荧荧光束相向而游，彼此无识无感，无动于衷，悠悠然几乎零距离擦过，漠然飘走。

她下意识地按下回复键，发出信息：“刚进你的城市，还没住下，擦肩而过。”

立刻收到他的回音：“缘分。”

这句话让她莫名不快。什么叫“缘分”？“缘分”是普天之下所有男人最善用最常用的词，想结识你是缘分，想离开你也是缘分。他拿定主意过了她的城市才发信息，什么意思啊？就是为了让别人去思念，让别人去牵挂？牵挂在路上游走的车、游走的人、游走的心情？

他知道她是会牵挂思念的，这不是成心吗？

“你原就是没打算见面的。”她这样指责他。

“你不也是悄悄地来默默地走？”迅速收到对方回复信息，反唇相讥。

说的也是！一句话把她坚冰的铠甲打碎了。她是来过，很想见他，但没有见没有告诉。

虽然真是悄悄地来来去去，但是知道某某人在某某地方，好好的，无病无灾、无阻无滞，她的心情一直是安安定定、宽宽慰慰、温温暖暖的。另外她还明白，在这个陌生的大都市，只要有这个人在，遇到任何困扰、任何事情，她都会得到最及时最真切的帮助。这是她心理上一个很大的安慰。有安慰，有怀想，也因此踏实快乐。

所以，虽然是一样的不告来去，他的心境绝不可能和她的一样。委屈的情绪，一潮一潮从心底上涌，一层一层漫出眼眶。

但是她不能这样直白地告诉他，只好选择后一半概念应答他：“即使默默来去，但你在这里，心理感觉很安全。”

一阵沉默。

不知道是不是她的开诚布公打动了他，他脱掉了坚硬的外壳，袒露心扉说出了恳切的话：“虽然不见面，但一看到你的城市的标牌，就想起那里唯一挂念的人。”

话说到这里，好像谁也没有办法往下面续了。彼此都安静下来。

在酒店安顿下来，和同伴们去吃饭。

吃完饭他们就进入工作状态。研讨会结束去看布展，第二天站台，心无旁骛，忙到中午，把应该做的事情全都捋了一遍。

闲暇下来她突然决定提前结束公务。她不想再在这里待下去了。这座城市对她而言，概念发生了根本的变化，由亲切而漠然，由温情而冷淡。当一切无所关己，再繁华的城市，也不过一座建筑森林而已。在高速发展的中国，这一类现代化大城市，多了去了！

不记得是香港还是台湾的一个流行音乐组合，他们非常著名的一首代表金曲中有这么一句著名的歌词："缘天定，分人为。"她一直在想这句词。像他们这种状态，天已经定，分不能为，真正叫作两不具备，徒然奈何。不如一刀两断，再无瓜葛！

她知道自己已经处于亚健康心理状态，再这样下去，难免就是不健康。

身处喧闹的酒宴，她想着自己的心事。心里装着满满去意，脸上挂着淡淡微笑，不知不觉，葡萄酒喝了不少。有点点醉，有点点痛苦。

她买好了返程车票，提前结束了出差之行。回家，回家！好在有家可回。回家真好！

上车之后她给他发了一条信息："我们一辈子都不要见面了。"

回信仍是迅疾无比："好呀。你试试看！我（怎么）都是你一辈子的寄托。"

如雷轰顶的感觉……她没想到他是这么看待她的。她没有再讨论的力气和心劲了。

"那就约定！"她回答。

他没应答。

这是他俩之间唯一的约定……

是死扣。她知道自己会遵守。

桃夭

摄影 _ 远远

我生君未生
君生我已老
完葺入兰房
相逢未乘早

君生我亦生
同慕山中好
青山复绿水
吟唱有青鸟

路遇即离别
秋月映蕨蒿
蓦然回首望
天涯与海角

我恨君来迟
君恨我去早
与君自此别
迢迢复邈邈

春风再临窗
连山抚海潮
花开花静落
月圆月残照

外遇

特别相爱的父母也会给子女巨大的压力，这在以前的她是无法想象和理解的。

她的父母是相濡以沫相爱一生的典范，以至于她错误地以为夫妻恩爱是天经地义的事情。母亲一直教育自己的女儿要心地善良，知书达理；讲规则道德，讲诚信公义。虽然她生性活泼好奇机敏……只是家教对独生女儿尤为专倾，如影随形。不知道从什么时候开始，她的血液里就附着上了自我监督的价值细胞。

但是看见一个人，你是不是喜欢，一开始你是会有一个直觉的。她对他的直觉，是顺境时神定气闲，不顺时也能神定气闲。这样大度而散澹的男子，加上身上干净清爽的气味，她很欣赏。她一直非常相信自己对人对事最初的直觉，且一直认为对于每个人来说，直觉是自己的天性发出的声音。

果然，直觉的力量在瞬间摧枯拉朽。

黎明时初醒的思念，让她的意志变得非常脆弱。她只是在想，如果她是单身，她会不会义无反顾地爱他呢？这个问题没有回答的必要，事实是她有家庭。

已经尘封的过往，为什么就不能视而不见？事实是真的不能：即

摄影 _ 小妖

使是名存实亡的婚姻，那毕竟还是婚姻！

但是，外遇本身并非一种正义的力量。既不宽容，又毫无理性，而且蛮横，所以强大。

她努力调整自己，但她的状况并没有好转。他和她的共同朋友都没有发现任何异常。他们只是觉得她变得有些安静，不像原来那么爱笑，那么伶牙俐齿，也比原先更频繁地出差。

她感到极度内疚，极度孤独。她像写小说一样给他们的关系设计了不同版本的结局。但无论哪一种情境，结果都是一样：没有结果。

在决定分手之后，她没有立刻落实，还延宕了几个月，因为她实在下不了狠心。陷入太深了，即使知道不可能继续也不可能重演，她仍然一天拖延一天，把温情温习了一遍又一遍。她想，错的头都已经开了，不在乎还能错到哪里去。

她认为他俩一起经历了不少，虽然谈不上风风雨雨，但却件件悲喜抵心——他母亲身体欠安他的忧虑担心；他的书生抱负和孜孜以求的专业精神；她的职称申报、项目结项。一点一滴，都是他俩共同的关心。“我们达到了这种默契”，他说。她也这样认为。因为即使只不过说几句最简单的家常话，即使刚说了几句彼此就没有什么可说的了，沉默里他们都能体会到深切的友谊、安慰和思念。就是在一起喝喝茶，吃丰盛的或简单的晚餐，也可以喝酒、喝很多的酒，也有会心会意，很惬意舒服的感觉。也不想离开。

她不舍得分手，还因为他俩的感情，真正的知遇不是那么容易随手抛开的。

在不亚于酷刑的纠结时间里，她为了测试自己对诀别的承受力，飞往澳大利亚，飞往夏威夷，飞往海南。她在似曾相识的各处沙滩上漫步，在傍晚和黎明的时候看辽阔的天空和海面，结果更加认定这对自己非常不公平。

太难了。

太难过了。

想到结局她的心脏就一阵阵抽紧的疼。每天早上看到镜中的自己，她的眼眶就会发烫发红继而又是心疼。对她而言，现在的想念已经不只是心理感受，而是生理反应了。她知道这样下去她会越来越沉沦，越来越黏他，会想朝朝暮暮，会想介入他的生活。这对他又是勉为其难的。应该紧急刹车。她一直以来的梦想是婚前是个好人家清清白白的好姑娘，婚后做个端正雅淑的贤妻良母。她一直都是这样做并且做到了的。可现在，在那片似曾相识的沙滩上，她光着脚在冰冷的海水里、在闪闪发光的沙滩上走来走去，万分悲痛地自责地对自己说，别再这样了。男子盟誓、女子断发，该下决心了。

海风把她的头发直直地向后拂起。在走回酒店的路上，她经过一小群青年男女，他们是几对情侣，一对对搂搂抱抱不肯分开，腻歪到了可笑的程度，如此地互相爱慕，如此地快乐，并且如此坦然和忘乎所以。她真羡慕他们。一路上，她一言不发。回到酒店房间，一个人大哭起来。

光天化日如何？避讳隐匿又如何？这么细微的区别，很快就无关紧要了。

无关红颜蓝颜

只要始终面对共同的幸福和痛苦，无论他们日常表现得多么烟火缭绕冰天雪地一寸之遥万里之外，婚姻仍然存有坚不可摧的纽带！

对生活，不服不行。

所以，蓝颜红颜们，若真想恪守亲情友情爱情之外的这第四种情感，前提是千万不要压过道德的黄线，相见不相见，都要慢慢习惯。

尘俗生活中确实存在惟有清亮的眼光、率真的情怀才能看得见的零零散散的小美丽、小欢喜、小道理，让人可以兴致勃勃地继续并不轻松的生活。

杜拉斯说：爱，之于我，不是一饭一蔬；不是肌肤之亲；是平凡生活中的英雄梦想；是一种不老不死的欲望。

赏一回“明月几时有”，吟一首古曲《将进酒》。想想那个情境，让江山入怀。

唏嘘女人心

一直喜欢沧海芳田的锦绣文章男儿怀抱，今看她的《宝玉和他的女孩们》小文，却为她女儿心情唏嘘感怀。她认定曹雪芹的 80 回没有写清晰宝玉面对如云美女的纷杂的情感，后 40 回又不算数，所以老是揣测宝玉面对一群妙龄少女，心中究竟如何想。动心否？欢喜否？

“其实，宝玉心中明镜似的，我们也明镜似的。谁不是宝玉哪？谁没有在某个时段做了一回宝玉哪？

“揣度宝玉，还不如去照照镜子。”

她又这样自问自答。

专爱和兼爱，一直是女人思考的问题。

男人专就专了，兼就兼了，不作如是想。

因此，女人比男人迷茫和混乱，比男人活得累。

想起《色戒》，真所谓 ：色易戒，情难防 ；觉悟是刀，责任如山。

闺蜜说

旺恒

嘻嘻，色易戒，情难防。觉悟也不易呀，何况还在后头缀着责任。

现代女子的绝望问题

“现代意识就是追求自然单纯，随意是偏爱多元的积极回应。”

——这个时尚的现代女孩理直气壮地这样说，让人莞尔。

现在的未婚女子，大多具有强烈的现代意识，有明确的生活目标。她们看似随意的取得和舍弃，其实是坚定地朝既定目标前行。不过，这种状况仅仅只表现在学业、职业、事业方面。一旦生命的年轮圈及恋爱与婚姻、家庭与物质、精神与身体，她们大多立刻就觉得眩晕。社会的耳濡目染，让她们明白，在生活之中，这些环环环相因，任何一个单个的环出现断裂，她们苦心经营的一切就会像水银泻地，无可收拾。她们的人生就将面临绝对溃败。

她们的绝望问题包括——

嫁老公，到底要现货还是期货?

爱情的保鲜期到底有多长？过期了是不是就变质了？该不该因此而放弃婚姻?

崇尚理性还是崇尚浪漫?

自己兼爱怎么办？对方兼爱怎么办?

谁的事业更应该被尊重?

陷进这些问题的女子，其实一点也不自然单纯。所谓的现代意识再多，也于万象百味的生活无补。面对混乱她们无计可施，因为不管她们如何偏爱多元，选择的结果只存在因果关系，不存在随意性，并且无可更改。

世界和你之间是一堵墙，墙和自己之间是一盏灯，灯和自己之间是一本书。书和自己之间，是隐隐约约的未来的影子。

空叹息“人生若只如初见”。

闺蜜说

徜徉林间的风
嫁老公，到底要现货还是期货?
菩提树下的梦
——一万年太久，只争朝夕。秦香莲错就错在期货意识。

徜徉林间的风
爱情的保鲜期到底有多长?
菩提树下的梦
——爱的多久，保鲜期就有多长；若尚存情分，保质期就有保证。只剩下忍耐，敷衍的话
——过期食品，赶快扔了!

徜徉林间的风
崇尚理性还是崇尚浪漫?
菩提树下的梦
——奥斯丁这个一辈子没嫁出去的老姑娘，以她坐在角落里以针线活掩饰，对人性与婚姻，集毕生功力的研究判断给了结论。

徜徉林间的风
自己兼爱怎么办? 对方兼爱怎么办?
菩提树下的梦
——某人告诉过我这个答案。伊说：不知道就是没发生。

徜徉林间的风
谁的事业更应该被尊重?
菩提树下的梦
——一样重要，万生平等。

香水

听说有一个传奇故事：

有一位漂亮的公主，可惜双目失明，看不见外面美丽的世界，也看不见花花世界的王子们。国王要亲自为她挑选驸马，她说："别担心，我自己能找到意中人。你只要把他们请来就行了。"王孙诸侯个个打扮得帅气十足，可惜公主看不见。直到第 5 个人进来。这是一个小丑，他虽然十分紧张，还是坚定地走到公主面前，请公主闻了一个小瓶子中他自制的充满爱的香水，公主感觉到了他的真诚和倾慕，于是嫁给了他。闻香识人成了永恒的经典。

闻香识人应用在现代生活中则浪漫得多——闻香识美人、识爱人。合成花香的香气，给人来自大自然、四季、花束的诸多联想，成就了个体的情感体验和故事——生命中突然闯入的芬芳，可以保鲜犹如弃世登仙的美妙感觉。

嗅觉带来的记忆，是生命之中最长久的。

所以，有品位的女人可以少戴首饰，但是一定要用香水。

当然，不可妖香。

摄影 _ 萨瓦

闺蜜说

旺恒

赞！一个人的美丑，要端详；一个人的善恶，要品读。

女人香的感知，是最直接的。

马上就去——香香

邵二格格

我也赞！站起身来，去用上我的“英伦迷情”，好美！

倏尔小妖

某绝世艳女说：“What do I wear in bed? Why, Chanel No. 5, of course.”

你看，美女知道，香水如衣服，若有若无，愈少愈好。

但是，经常遇到蠢女，穿了一层又一层香水，披披挂挂，犹如十指戴满钻戒。

当香水变成杀虫剂，或者是公共卫生间里的空气清新剂，我替这瓶倒霉的香水一大哭。

风

哈哈，“妖香”之绝妙注解也。

可怜，香水无辜……

斯斯

这是对我那篇妖香的遥相呼应吧 哈哈

海那边

这些个美眉们都在吹牛，她们基本都穿着衣服！！！哈哈～～

不过都很单薄！！！ 嘻嘻

大头贴

香水有毒吗？

天蝎小猪

香水，当然有“毒”！当香水恰如其分地在某个表达物上忽悠时，会有眩晕感，那就是中毒了，何况还有的会穿心而过，成了恒久的记忆，便无法解了。

会使香水的女人，总是与香水无间，浑然一体，在若有若无的氤氲里荡漾；蠢女只知道被香水淹没，活生生把香水折磨成杀虫剂，人们不逃之夭夭才怪。有几个能懂那对路的度?

闻香识女人，得问解得其中味的男人嘢！

一程一生

她说："真想谈一场恋爱啊，可是连喜欢的人都没有，就连发呆都不知道该想谁。"

我看着她发愣。

我们正坐在星巴克咖啡的新式座椅上，面对宽阔通畅的正面入口，在半下午宁静的时刻，享受着货真价实的醇厚而温馨的咖啡体验。

她和我并没有在一起共事过，传媒圈的人风格也有很大的不同，但共同的文化爱好总是相通的。我们隔三岔五地会串吧聚一聚，每年除了书市、研讨会、出差，还会互相推介作家作品、相约去国内国外旅游。彼此粗略地分享个人隐私。

但这个，突兀得很。

我知道她最近经历了一场偶遇。

偶遇动心动情是世上最美好的事情之一。相逢本身是一个奇迹，钟情更是匪夷所思。因为不涉及功利，也无关于谋算。干干净净，温情脉脉，遇上了，陷落了。如此而已，我欣赏。

但是偶遇似乎只适合偶然，就像徐志摩所做的同名诗所说：

我是天空里的一片云，

偶尔投映在你的波心。

你不必讶异，

更无需欢喜，

转瞬间消灭了踪影。

你我相逢在黑夜的海上，

你有你的，

我有我的，方向。

你记得也好，

最好你忘掉，

在这交汇时互放的光芒。

男人女人只有在最好的时候、以最合适的身份偶遇才可能不被转身遗忘，消失踪影。有这么多的条件作前提，可见偶遇修成正果的概率多么小。最重要的一点是，偶遇虽然不涉及世俗物欲的一切，但是涉及道德：你偶遇的人，应该是可以爱和被爱的，你们的偶遇不会伤害无辜的人。

她在明知道不应该的情况下投入了情感。不仅没有熄灭偶遇交会时绽放的光芒，反而把对方放在自己的心口幽居。天黑了，灯亮了，夜深了，晨曦了，上班了，下班了，傍晚了，月上了，她时时刻刻莫名其妙地相思，莫名其妙地被煎熬。她心心念念地希望，当一个人在风里雨里弹琴的时候，另一个人可以在千里之外知音。

她说她知道这样持续高温不对，但就是遏制不住地渴望进入对方的世界。她希望进入对方的心门，她甚至在内心坦陈，这门可以是对方的心门，或者也可以是身体之门。但她仍然给自己界定：一切都不会变，谁都不干扰谁的生活。在爱情的荒原上，他们谁都没有错，只是幸运不在他们这边：在闷头奔跑的路上，他们不仅撞上了对方，还撞上了一个无解的难题。

他们享受着两个人现在的情感，但是难以离开原来的生活。如果他的婚姻在身会让她产生巨大的压力和焦灼，就会改变他们的关系，最终导致他们的关系的终结。所以她也没想要对方离婚。

都是懂得道理的年纪，都有明白事理的头脑。他们偶遇在不恰当的时候，除了把对方珍藏在心底，没有其他可能。他们都是好人，都死扛着，虽然触手可及，但是都不再上前一步。爱情没有给他们多少时间去思考相遇与分离、选择与后悔的问题，除了尽可能延长享受两人在一起的精妙的感觉，他们别无所求。

深深地渴望和淡淡的疏离、由衷地欣喜和淡淡的忧伤一直盘亘在她的心里。她的情绪既真实又虚幻，一次次许诺，又一次次背叛这些许诺。想进入，但又害怕真的进入。

不知道谁更爱谁一点？她常常这样想。能维持多久？能坚持多久？她每天早晚都问自己同样的问题。她常常盯着镜子看自己，用他的眼睛，一直看到镜中的自己流出眼泪。

自我拷问是最没有办法回避的。无处可逃。

她是因为他对她的好以及他本人的杰出才喜欢他，她不希望他变，虽然每个人都是会变的,或多或少或好或坏地变。但她希望他不要变坏，至少不因为自己而变坏。

于是她挣扎很久，痛定思痛，决定放下等待，放下思念——如果爱一个人而无法在一起，除了无言地走远，还能有什么选择？

也不知道她讲的是不是真心话，或者是不是完全的真心话。因为有文章说，两个人交流时，其实是六个人在交流：你以为的你，你以为的他，真正的你；他以为的他，他以为的你，真正的他。

好复杂。于是我自问，此刻说话的是谁？

“结束了？”我问。

“结束了。”她回答。

“彻底？”我问。

她睨了我一眼，悠悠地说：“有种想念，叫止步不前。”

我们各自把握凝视手里的杯子，沉默的心思在两个人之间流淌。

人生有太多的身不由己。许多事情，貌似有选择权，其实并没有。有时候某个人经过了你的生活，最终只是搁浅在你心里。这是幸还是不幸？

不过，爱尔兰作家威廉·特雷弗在小说《出轨》中这样说过：未来未必会像现在看上去的那样凄凉惨淡，未来仍然会有由于它们之间的寡言默契所带来的那份美好、满足和感激。未来仍然会有他们自己——是这一段曾经沧海的爱恋，把他和她变成各自的样子。

摄影＿张静

闺蜜说

旺恒
听过苏芮的老歌《是否》。具体的旋律和意味忘记了，就是突然觉得中国的文字很神奇，一句简单的提问可以给予如此奇妙的回味空间。别的语种不懂，但是估计没有“是否”这样的字眼儿。“你是否可以……”多么优雅、灵巧的提问，多么深厚、广博的寓意。
天呀，答案是悖论的提问，听来竟如春风。
拂面，佩服，佩服。
于是，胡乱涂鸦了。

《是否》

是否不再停留?
风儿，摇曳着雨中的青树，
在暗示。仿佛
要洗涤那个邂逅。

是否继续前走?
星儿，斜睨着夜空的闲云，
在倾诉。日光
遮掩后的轻愁。

是否忘却所有?
花儿，绚烂着瞬间的青春，
在凭吊。凋零
就在那个哭泣的午后。

是否将时光凝住?
草儿，流淌着凌晨的露珠，
在清晰。叶脉
如凡间的坎坎长路……

停留还是继续，
忘却还是拥有。
是否——本不是一个话题，
真髓却在:
答案与过程雕琢了悖论，
提问与回答
离间了抑或是辜负了
这个收获的金秋。

阅读男女

“男人四十就变鬼”，这句话是一个男人说的，意思是男人到了四十岁的时候，有了地位，有了经济积累，阅人无数，阅事无数，可谓要阅历有阅历，要练达有练达，可以挥洒有度、收放自如了。是一句颇为自傲自得并且自我欣赏的话。

可在我们女人看来，如果这个男人一到关键时刻就车掉链子灯熄火，优柔寡断、患得患失，那他基本上已经算不上鬼了，他就差不多变妖了。

女人眼中的男人，要有担当，有胸襟，处变不惊，坐怀不乱，对自己的言行负责。当然,坐怀不乱要求太高了,是个男人就基本做不到。好男人对自己的把持，顶多也就是不让除自己老婆而外的女人坐怀而已。这是不粉饰的话，不故作道貌岸然状的真实写照。在负责任的前提下，男人的移情比迁怒更能得到女人的理解。

女人眼中的好男人，除担当、胸襟之外，还得有情致、有智慧。

有情致，是指在或私我或大众或本土或异国的节假日到来之际，知道表达对女人的疼惜和尊重；千万不要吝啬言辞，更要选择合适的方法。

有智慧，是说男人的举止一定要大大方方，千万不要耍小聪明，玩小伎俩，狗肚鸡肠，锱铢计较；不情愿的施与，比一毛不拔效果更坏，看不开放不下行不远，是最被女人瞧不上的。

宽容心对女人非常重要。男人如果只外视不内省，凡事以理衡量，诸事分寸计量，绝对会让女人喘不过气来。女人不是讲理的动物，季节性的多愁善感症，是每一个女人或多或少都有的毛病。这个时候男人表现得有宽容心，理解半分，呵护一点，女人恨不得为他去死；相反，这时候男人如果漠视或者不屑女人的反常，女人则会恨不得把他杀死！所以，男人最好能保持一点浪漫情怀。

女人说："我的要求并不高，只要他对我像原来一样好。"

可对于男人来说，坚持对女人像原来一样的好，就是一个比天还高的要求。

所以说，能做一个好男人，差不多就可以扮演神了。

闺蜜说

小妖

超级精辟之论！

男人四十，修炼得不好，总是鬼头鬼脑，还自以为神气活现。

色鬼，赌鬼，酒鬼，烟鬼，小气鬼，竟是面目可憎的居多。

那成了神的，不但打小根基打得好，父母教育有方，还得妻子亦是妙人或解语花。何其难！

在也不见

美人丑人都有寂寞的晚上
肯吃街边美食的人
比较为人亲近
情感敏感细腻
小心翼翼地保护自己的内心

婚姻应该是心之所属

这世上也有一种外遇
与钱和功利没有关系
心心相印
干干净净
只是把爱
熬成回忆

这也太干净了吧

太干净的东西

在污泥浊水里没有生态

坚持如此

今后的日子会很潦草

生命的陷阱

生存的代价

内心滋长着忽明忽暗的欲望

悲伤的捉摸不定的影像

亲近宠爱的感觉

忽明忽暗的对比

脆弱而不能自拔的沉沦

“见多少次才会堵止思念

“看多少眼就能平息泪点

“再用多少年去摆脱从前”

原来再见

就是

再也不见

在也不见

危机中年

夫妻关系是所有人与人的关系中最微妙的一种。可以最亲密，也可以最隔绝，可以绕指柔，也可以剑出鞘。总之最为复杂最为脆弱。要好的时候，你懂我我懂你，心心相印，情浓如蜜，亲得跟一个人似的；不好的时候，你是你我是我，没有血缘维系，刀刀见骨，怎么伤人怎么来，比陌生人还要寡淡无情。

接到一位朋友告诉我他听到另一位朋友的婚姻搁浅的信息之后生出如上感慨。

他们在同一个城市，他立刻动身去看望了她——

L 姐看起来很坚强，见到我也没像怨妇一样的抱怨。很平静地叙说去年年底两人看完一部美国家庭中年危机的电影后，W 哥告诉她，想和她离婚，因为爱上一个比她小十五岁的某成功女人。

L 姐是我老姐的闺中密友，也是看我从小长大的老姐，出身书香门第，毕业于某著名大学政治系，非常知性和内秀。早年因为丈夫留学，从大陆到美国，再美国到大陆反复折腾，使她放弃自己的学业，一直陪伴他，心甘情愿地成为家庭主妇，抚养儿子照顾丈夫。W 哥拿到芝加哥大学经济学博士后，就任香港某大学，后又返回洛杉矶任教 ，去年初又被某知名金融学院聘为院长，不久就“外遇”了。

刚听到老姐告诉我W哥的事时，第一感觉想笑。在我看来的确无奈得可笑。都什么年纪了，什么年代了，还“外遇”？

在我印象中，W哥是个学者，既不高大也不幽默，长相平平，是个努力认真、小心翼翼的学者。也不爱运动，还知道他身体老有这毛病那毛病，L姐这些年没少照顾他，怎么也不应该是会外遇的料。我认为的“外遇”出轨大概就两种：一是Physically（生理上）的，一是Feeling（感情上）类的；W哥应属于后类的，近三十年平淡的婚姻，让W突然“枯木逢春，铁树开花”般的执着，这种“执着”让他身边的像兄弟姐妹一样的我们既感到外遇的无奈，也感到外遇的力量。

外遇是婚姻中的一种现象，没什么谁对谁错，只是平淡的生活无法忍受了，不想一起过完后半辈子而已。谁离了谁都能活的年代倒是不会把老W一定要说成是陈世美，只是他现在还在决策的时候，多少很烦恼。我电话给他说想请他吃饭聊聊，他很紧张地说改天吧。听出来他一定严重误会了，以为我想当L姐的说客，其实根本不是这样。半年过去了，L姐现在心态很好，本身她就是爱跳舞爱运动爱笑的人，仿佛少了老W，不需去照顾一个身体和心理都有病的“病人”，她会轻松很多似的，绝对没有像“怨妇”一样抱怨以前的付出。她向我述说时，感到的只是无奈，也流泪，但更多的是在思考如何处理后面的生活。我建议她天好了只身去西藏等地旅游三个月……不要每天面对他，那样会开阔得多……

摄影 _ 过仕刚

其实我想见W哥，也就聊聊，感情只能感和受，是说不出来的。婚姻的说客是谁都不能胜任的……Love is not feelings 爱情不是感情，爱情代替感情还要很多年的累积！

生活的平淡和平淡的生活都是预料之中的，也是冥冥中的注定，你非要打破这种平淡，不能去忍并和谐之，只好选择外遇。然而外遇的你其实又在建立另一个平淡，你又要用很长时间去努力和忍受……

“外遇”是无奈的，爱情也是无奈的，只有亲情是永恒的……

听完他的话，我感觉L和W不是因平淡而生故事，还有其他更复杂的因素。无论如何，情生情灭，能够坦陈，也算能够直面担当。

我还认为，婚姻没有他说的那么可怕。也并不是只要历时长久了就必定归于平淡。说平淡也可以，说温馨也可以，关键看有没有真情。真情如山，别人看似无趣的生活，也许当事人过得有滋有味呢？尔非鱼，焉知鱼之乐？只要能相互帮助、信任、支持、宽容和包容，只要有心，只要用心，就一定能够将爱情、亲情、友情三而合一，使它三足鼎立地支撑起自己的人生，无论那人生是短暂还是漫长。

这是旁观者清？抑或是站着说话腰不疼？

关于外遇，我一位小友这样说——

轻率的离婚和坚守低质量婚姻都是对自己的不负责任，婚姻绝不是一项一蹴而就可以一次性投资终生收益的低风险事业，婚姻是有着自己的寿命和能量的活生生的东西。丈量婚姻深度的不只是爱情，还有彼此适应和彼此容纳的诚意，是双方价值观、家庭背景、出身和学识的良好融合。

曾看过些文章，专家谈道：如果家庭有以下两种情况，严重家暴以及外遇到令人没有尊严的地步，是建议果断结束婚姻关系，因这对身体和心理的摧残太过严重。如果婚姻问题并没有严重到吃不下饭、睡不着觉的境地，那么根据每个人生活状态的不同，做出个人的选择。

婚姻出了问题，彼此都要负责任，也都有问题的。事件中的每个人，没有完全的对与错，只有道德，理智，成熟……也许目前对 L 姐来说，“值得”两字最重要，以它决定挽回或放弃。

闺蜜说

Xu Can
自古穷通皆有定离合岂无缘
哼着歌儿飘过……

徐徐
“飘过”，这姿态属于隔岸观火者。

菩提树下的梦
搞外遇的中年男，如果不是家中夫人实在不堪，基本属于无耻无敌一代贱男。拖到人家人老珠黄不复青春，开始说什么狗屁的遭遇真爱，他这前几十年难道脑子都进了水不成？如果不是家有贤妻扶持他功成名就，何来赏识他的红颜知己。要知道这些女子都是投机好手！
赶快撒腿就跑吧，从此得了一条生路。还来得及，把自己的后半生好好经营一下！

斯斯
很多人想要家中红旗不倒外面彩旗飘飘的境界
真的愿意为了小三小四离婚的不算太多
我认识
婚姻挺可怕的婚姻也挺温暖的
两个人相识相守几年几十年的确不短　不易
婚姻是需要好好经营的

旺恒
想了半天，准备给爱情在婚姻里的比例写个数字。
唉，想不出来。

小妖
外遇对于中年男来说，就是外面遇到的新鲜。一旦变成内子，那得看保鲜期有多长了。
这保鲜期还往往又是保质期。

长翎水袖　载舞人生

最近在看《昆曲大典·文学剧目典》，非常感慨。

时间长河里，多少英雄才俊红粉佳人，谱写过多少姹紫嫣红披肝沥胆的故事。

长翎水袖，载舞人生。

后世如我们，在别人的戏剧里看时间潮汐，看世世风流。

而我们的后世，也是如此看待今天的我们。

临窗听风，唏嘘有感——

生命寥寥几十载，珍惜自己，好好将息。

能活多少年并不重要，将生命描画为美好时刻的集锦至关重要。

自己的舞台，自己的妆容。

相信美好已经在什么时刻什么地方降临在身边，

并将她铭刻于我们的灵魂。

摄影 _ 张静

所以，盘什么恩怨，数什么春秋？

简单的故事，没有惊世骇俗也可以珍贵独特——

至少可以对自己、对自己的家族。

使生命颓唐萎靡的，不是缺乏滋养，

而是再没有能力欢欣雀跃、发现惊喜。

舞台的光亮聚焦在满载着过去并投向未来的现在。

朝朝暮暮，岁月年轮，开枝散叶。

使我们存活的，比血和器官更重要的，是爱和希望。

把爱作为流动的方向，

在希望中端正人生的背影。

闺蜜说

斯斯

人生如戏，戏如人生。每个人都在看戏，也都在自己的舞台上演戏。唯有爱是永恒。

CS

楼上的握爪，想起张国荣的《霸王别姬》，想起张学友的《爱是永恒》。

致 THE 女孩

“痴男怨女，悲欢离合”，是人生最无奈的八个字，也是情路上最无奈的八个字。

他要离开，我怎么办？这句话已经问了五千年，至今还在被追问。

爱情让那个聪明的女孩失聪、失明、失魂。

要知道，离心一起，大势已去。

哪怕有再多的不甘，也不必寻根求源：因为没有用。

不要纠缠、不要委求、不要天问：也因为没有用。

你心再热烈，他心很清凉，这是无关忠臣变节、潘郎变心的无奈的事实，怪只怪爱情具有向光性：你不够绚丽灿烂，他追求浴火重生。

也不需反省。不是因为你对他不够好，只是因为你们的爱一直存在于不同的层级，没有温度感应，不可能脉冲交融。

还要明白，不要强求被爱。强求是回不去的，就算真的能回头，回也无益——维持关系之后的你会发现，一切的一切，都不是你期盼的那个样子了，包括微笑、气息、表白。

你可能会问，为什么这么肯定？为什么一定是这样？因为，你会站在不同以往的立场，兼以当局者或者过来人或者旁观者的视角在审视你们现在的关系，不会再单纯，很难再忘乎所以地体验那些曾经经历的快乐和痛苦，也不会再有撕心裂肺的期盼和迷惘——你经历过结局，你知道结果。品尝结果的口感和心得已经深铭五内。

铭心刻骨但不能天荒地老，说明那不是你的因缘际遇，那就让它过去。能够相伴风雨，和心爱却可能并不完美的人一起一直往前，走过年华，那就守住你的简单幸福。你自己要判断清楚。

所以，留一份记忆已经很难得，要知足，要珍惜。无论相爱的时间是长是短，留一份感激的心情去怀想，这是自爱，也是修养。

摄影 _ 张静

都说时间可以洗涤一切，当你力不从心的时候，莫如把一切交付给时间。但遗憾的是，即使光阴流水，人也不可能漫不经心地从一个故事走进另一个故事。再坚韧的心，也有死穴。所以只能依靠自己。

听一首好歌原谅整个世界吧，原谅他，也原谅自己。继续寻找真正属于自己的归宿，无风无浪也好，风波跌宕也好，让青春、让生命，细水长流。

送两句话给正值青春的男孩女孩——

没有真心，不要撩情；

没有坚守，勿进婚姻。

（哎，真正的爱情，又无日月又无声）

闺蜜说

斯斯

无声无息，时间煮雨。太多没有用，各种没有用……

小妖

不知是费洛蒙还是荷尔蒙，反正爱情的确滋润着女孩的容颜，所以，若你因爱而美，那就是你的收获；若你憔悴，一定要转身离开——青春不久长，红颜弹指老，你没理由用自己的枯萎交换他人的怒放。

LLL 龙

潇洒是一种态度，坚持何尝不也是一种方式？坚持，用温柔和耐心等待浪子的回归，比用一颗受伤的心去寻找新的真爱容易得多。守得云开见天日，坚守阵地！

徐徐

或许许多事可以凭借坚持达到，唯有恋爱难。

Fox

爱情最是强求不得。他若爱你，你纵有万般不是，他也只是欢喜；他若不爱，哪怕你集万千宠爱，于他也不值一文。他若起离心，与其憔悴，不如转身。

最美丽的时候你遇见了谁?

最美丽的时候你遇见了谁?这是一个值得思考并认真回答的问题。

张小娴说:由于男女之间的交往充满了犹疑忐忑的不确定与欲言又止的矜持,以致任何小小的变数,就可能完全改变选择的方向。所以,婚姻到底能给人多少时间去相遇与分离、选择与后悔,就是一个极大的变数。

在你最美丽的时候你遇见了谁,决定了你的生活品质。

在你深爱一个人的时候,是他陪在你身边,是太难得的幸运;

不是他陪在你身边,是生活对你开的一个冷玩笑。

“多少男女回首往事的时候,想起那些如流星般划过生命的爱情,常常把彼此的错过归咎于缘分。

“其实说到底,缘分是那么虚缈抽象的一个概念……

“真正影响我们的,往往就是那一时三刻相遇与相爱的时机。”

于是作者说——

“世界上只有两种可以称之为浪漫的情感,

“一种叫相濡以沫,另一种叫相忘于江湖。

“我们要做的是争取和最爱的人相濡以沫,和次爱的人相忘于江湖。”

美艳与孤寂、忠诚和轻薄、经得起放得下的洒脱和无奈，交织、融合在全篇清浅的文字里。

看了忍不住长长揣摩。

这是兰质慧心才女子的断发盟志之语呢，还是花渐向晚美妇人的洞彻之悟？

其实，什么样的身份年龄都不重要，总之，能发出这样肺腑之言的女人，一定是历经了情路颠沛的善感者，也一定具备美貌加才华这两个条件，否则，决心和毅力都够不上。

读完它，我不由得想起杜拉斯在《情人》的开篇中说的那句名言："与你那时的面貌相比，我更爱你现在备受摧残的面容。"并隐约回味起阅读《情人》和《琴声如诉》时的沉醉和惆怅。

同时，耳畔回荡起《你是所有》的旋律……

闺蜜说

小石头
虽说杜拉斯此句话被奉为名言，我怎么听着像是安慰人的语言呢？

倏尔小妖
对于大多数的女子来说，最美时只能向晚独自开，明白这是生命中最鲜妍华美的一瞬，但这好姿态只能留在自己心底，无缘刻在他人心上。

少儿玲鸣
世界这么喧闹，真正的美丽又有谁能注意到。

Xu Can
对生命过程全然接纳，是对自己的一种珍视。

男色时代

听一位女性朋友谈她遭遇爱情时委曲求全的故事之后，心中一直有一种怪怪的堵噎的感觉，至今赶不掉眼前晃动的她的绝望憔悴的面容。我很诧异她无根无由的痴迷，对完全不平等的情感付出，更不理解。

很多与外国人打交道的人都有一个共识，即西人做事比华人果断，一旦他们觉得事情无法达到他们预期的结果，他们会毅然决然地把过去的种种一笔勾销，转身，重新再来，让优柔的对方觉得无情无义。

并且，西人没有华人的那种长痛，也不理解长痛。对西方人来说，短痛是正常的，是为了结束悲伤、收拾心情、重新面对生活；而长痛则是不健康的，因为于事无补、于人有害；百年长痛更是心理有毛病了。

在这一点上，某些男人有一点像西人，他们也不理解女人的长痛。一方面，他们喜欢女人、欣赏美丽、痴迷于与异性的交往，挥洒自如，乐此不疲；另一方面，也许与个性有关，也许与经验和道德观有关，他们害怕、厌烦女人的一往情深，他们视此为纠缠和麻烦。他们的行为模式是从不在自己天性的某一方面或某一层次过久驻留，也不会为某一个目标全力以赴、终其一生，因此，给不少女人造成了伤痛。

他们大多是成功人士，也不是坏人。有时候表现得像孩子，纯真直率到有一点点无赖，口无遮拦、有口无心，会说些文雅得体的甜言蜜语讨女人的喜欢，说的时候也并不完全是口是心非。即使每一次都是真心付出、深情款款，但每一次也都只是他人生系列剧中的一段、一出、一部。

虽然他们对追求和征服抱有极大的兴趣，已经习惯与女人调情，或多或少认为女人对他们着迷是很自然的事，但他们的探测，仍然只是出于自己的天性。他们在追求和梦幻中，只注重自己的体验，顾不上注意别人的感受，顾不上关心别人的内心变化。他们在粗心、健忘、超然中，并不觉得哪种经历是应该回避的。

对真心付出、动了情的女人而言，他们是制造混乱的人，使她们显得懦弱、愚蠢、滑稽、痛苦不堪。而他们却不这么认为，他们自信地认为自己做的事永远都是有理有节："女孩子有过很多，但没有伤害过一个人、强迫过任何事；女人是男人的肋骨，是上帝的杰作，如果伤害到她们，我自己会很痛。"他们没有负疚感。

他们奇怪为什么自己喜欢的那一类至今没有出现。他们苦恼总是没有办法拒绝情感，总得彬彬有礼地婉言谢绝陷入婚姻的围城。而他们的修养和绅士风度，他们的潇洒勇猛、敢冲敢闯、敢尝试新事物的行为做派，又的确能够诱惑女人、吸引女人。他们极具杀伤力，赚取了好多女人的钟情，就像《天龙八部》里的段二。

更有甚者，还有一类"三不"男人更是让女人心生郁闷：在恋爱过程中，他们不主动、不承诺、不等待，不说 Yes 也不说 No。他们以风度和沉默让女人去领会自己究竟是快乐的源泉还是痛苦的起因，非常有耐心地等别人去意识是否应该主动离开。他们让女人非常无奈，意乱情迷的她们很难判断他们是否真心，一旦她们率性地做出了决断，

摄影 _ 徐徐

事后总会发现自己中了招：分手成了定局不说，还都因为是你自己不够好才会失去他。

现在是男性把握恋爱话语权的时代！恋爱变得充满变数。

是男女比例失调吗？是男人更有经济实力吗？是因为女人停止了自我发展、自愿把自己变成附属于男人的一部分吗？历史进入互联网时代，速度太快、变化太快，情感的流动也便捷通畅起来，念头转动得像风车一样。大千世界，头晕目眩，人们失去了定心，也失去了常性。温存体贴、缠绵悱恻、相濡以沫显得老土、变得过时，于是，白头偕老成了最浪漫的事，成了奢望。

那么，女人的希冀在哪里呢？爱情婚姻中倾心、宽容、忍耐等等应有之意在哪里呢？美好呢？华彩呢？

我们谈论的还是情感吗？还是生活在五千年文化传统中的中国人吗？

好在世界上任何事都有得有失，任何选择都要付出成本和代价。在生命里得到的承诺和奉献是一种正比例关系，本能的东西会有自然的契约去约束。江山辈有才人出，一代新人换旧人。当薄幸的男人不再风流、浪子回头，或当他们老到了需要扶持的时候，再想重拾女人的芳心，哪怕是昔日的情人今天的老太太，恐怕也不能那么随心如愿、手到擒来了。

有些物质，只是岁月为证明其存在而在某个空间消耗掉的，不会永远属于他或者她，甚至不属于任何人。消耗完了就无从索回，虽然生生不息，但是永不复制。

所以，得失才是人生的全部内容，女人要坚持自我发展。

所以，要知道珍惜今天所拥有的，不必总是抬头看天。

所以，有些人永远不必等待。

遇到这种人和事，女人要节哀顺变，不要攀附，不要长痛。

有缘一起度今朝

今天是玛雅传说中的世界末日，平静的世界、光明的晨曦已经说明一切。

昨夜临睡已是凌晨一点多，突然意识到我们已经进入预言中的末日。睡意顿失，头脑无比清明。虽然从来就不相信末日之说，但真的来到传说中的这一天，而且明摆着我们吉祥，世界吉祥——楼没有坍塌，地没有沦陷，狂风不在，暴雨未倾；你我仍然有知、有觉、同伴、同行，油然而生重生的欣喜和泛滥的爱意——爱自己，爱家人，爱朋友，爱生活。立马起身下床来到窗口，用手机拍下静谧的冬夜街景图，并在微信上留言：有缘一起度今朝。

有缘一起度今朝！如果没有“如果没有明天”的忧郁感，末日乱相的混乱还是很可以玩味的。我想，作为人，心中有困惑、疑问和恐惧至少不是一件坏事，起码，大家会好好地自我审视如何才能不虚此行，不负初心，会更珍惜拥有的快乐和简单的幸福，会更懂得什么是虚妄，懂得“舍”的智慧比“得”的聪明有更宽大的境界，也因此更能有舍有得、不离不弃。

纪元的更替或多或少给我们每个人带来一些改变，让我们思考。我就希望自己变得更好，不仅仅止于外表，而且存于内心：正知、正行、正念，惜德、惜阴、惜缘。

长亭短亭

网络有许多话是经过许多人反复集萃而成的，因此不少言辞直抵心底。比如这一句——“所谓陌路，就是最初不相识，最终不相认。”非常直白平淡的一句话，却让凡尘庸碌人等，感受到了涉世的风雨冷暖。

往前看一辈子好像很漫长，一天一天、一年一年，十年树木、百年树人。但是站在生命的任何阶段回头看一看，所有的过往都只是弹

摄影 _ 小妖

指一挥间。我们不断地结识一些人，又不断地和一些人分别。从陌生到熟悉，再从熟悉到陌生；从刻骨思念到分道扬镳，从相见恨晚到不如不见。

但是无论如何也不能让过往绑架自己未来的人生。往前看，再往前看。唐风逸散，宋雨飘零，时光留影，玫瑰余香，生命的痕迹千年百年就是这样流转流传直至今天。弹落风尘，拨动水韵，不放弃一世红颜在清风明月里花开花落。欣赏尊重自己的情感，在一个人的空白里，做一些安静安心的事，以决定自己和其他人的根本不同。

把回归陌路当新的起点，不失望，泰然。有时候，无聊放空是非常有必要的，或者行走旅行也可以。

马德曾说：如果有所执而放不下，距离是最好的解决办法。离想拥有的东西远一点，隔着一程山水，隔着一段光阴，你就放下了。如果还放不下，那么就再远一点。

大年三十，诸位安好。

一程一程，长亭短亭；短亭依依，长亭珍重。

私吃·自己的故事

忘却某人就像

忘却关掉后院中的灯

因此它在翌日长明不熄

但因而它也是

那使你想起的灯

——里阿米亥 《忘却某人》

董继平 译

给自己的情诗

如果说树木是大地写在天幕上的诗行
那么共同经历的人们与爱情
就是生命的灵魂在私人空间的吟唱

虽然我们还未衰老
不能体会垂暮的忧伤
但时间的仓促
彰显了回望的点点凹凸

职业之外
情感是某些人的所有

某些人的一部分

某些人的补白

云在青天水在瓶

如何归属并不重要

守着缄默逶迤的山峦

望着漫撒金色阳光的湖水

竹梢上有一只鸟停着

把一泓清水看作情诗

迷离深邃的夜晚

朦胧清透的晨曦

月亮在头顶画了一个弧

笼罩曾经

人生如戏不是戏
——病中日志

就像电视连续剧的情节一样，在办公室突然发病，一路闯红灯送急救中心，惊动单位上下，惊魂四海亲朋……脑出血，半身麻痹……一级护理，连续多少昼夜二十四小时绝对平卧……好在每天进步一点点，每天进步很明显……保持坚强，保持乐观……

一直思维清醒、口齿清晰，残障而不智障。大好头颅、僵直身体，记得承受了太多的关怀、关爱和帮助，品鉴了姹紫嫣红百色花香，轮吃了百家低盐低糖低脂美食……

进入康复治疗阶段。因为手指还不灵活，每天只能上网一下下，卉帮我编辑整理口述实录的病中追记。目的很单纯，只想固存那时有感在心的点点滴滴，记住那时经历的所有受惊受苦受宠受惠……

国庆长假已过，大家已经又忙了。作为病中闲人，我想说的是：我的家人，我亲爱的们——人生如戏不是戏，我用感恩的心，感谢有你们……

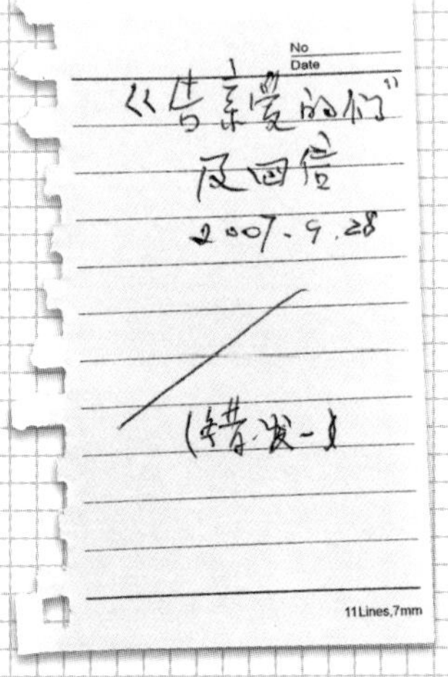

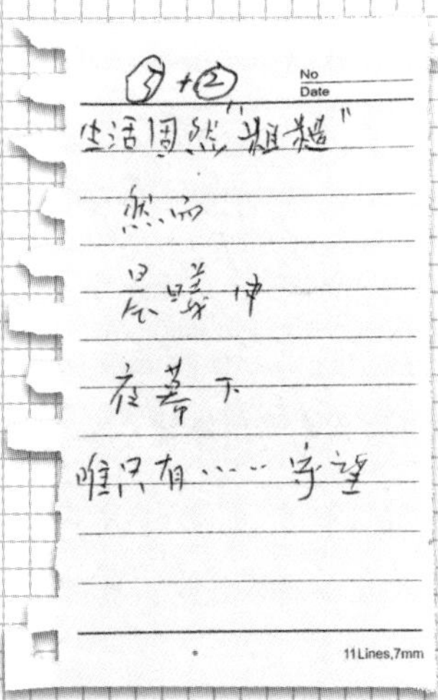

病中手书犹如稚子初握笔。

我的“9·11”

头夜从北京出差回来其实就很累了，又有洁癖，把一周无人打理的家上下左右归整清理了一遍，睡觉已经过了两点。实在不想起床不想上班，想休整个半天，但是没有办法——社长出国前委派了任务，事情确实太多了。在上了昌平接我的车顺道到温总家门口捎她的这短短十几分钟时间里，我居然迷瞪了一会。

一到办公室，就忙。来来去去人不断，说话也不断。早饭放在一边也没来得及吃。将近十一点的时候，接到我家先生的电话，说原定明天返回的计划可能要改变，或者周五或者周末才能结束公务回来。电话刚挂断，裴总过来谈事；裴总还没走，乡镇企业局朱念萍处长来参观我的新办公室。总之，一直忙，忙。大约十二点的样子才到楼下职工食堂吃饭。

刚吃完饭发现有点不对了。右手食指和中指变得麻麻木木的，而且麻木的感觉在向上游走：走到手腕，到达手肘，到达肩部。我觉得诧异，用左手使劲握住右手，想阻止麻木的感觉蔓延，可是没有成功。那感觉就像曾经看过的科幻电影中的镜头：血肉之躯渐渐地植物化、纤维化，失去感觉、失去知觉、不听使唤。我开始有点不知所措，接着发现麻木的感觉掉转方向顺着腰部在往下走，吞噬膝盖、到了脚尖……我扶住桌沿企图站起来，抱着残存的一丝侥幸心，希望能够趁没有完全僵化的时候赶回自己办公室躺一躺，希望一觉醒来这一切就会消失。但是，事实是我发现自己的躯体完全不听指挥不能动弹了，重若千钧，寸步难移。

我知道不好了。

我抓住身边的念萍，告诉她我麻痹了，要上医院，叫她打电话找人、找车。她满眼茫然、惊慌失措，坚持要叫120送急救中心。我有家族高血压病史，知道这种情况时间对生存是至关重要的，等120根本来不及：从市里到政务区至少五十分钟，加上双程，加上塞车，真真不堪设想。我游目四望，看到了刘锐和葛永波，让他们赶快打电话找裴总。

说完这句话的时候，我发现自己开始吐字不清，脸颊已经麻痹——右半张脸颊也已经不属于我自己了……

整个过程我头脑一直很清醒：我知道裴总赶来了，不少人围在我身边；知道裴总说赶紧送急救中心我来背你；知道有人说赶快打电话叫120；知道裴总说来不及就用社里的车；知道自己拒绝移动并示意他们不能改变体位；听见自己让裴总赶紧上楼拿带滑轮的电脑椅，听见自己喃喃“摁住电梯”，听见声音传递“要电梯”“按住电梯”“按住电梯”……

没有改变一点角度，我被善明、王春明两个一米八几的壮汉抱上单位的面包车，迅速往省立医院开。我依偎在念萍身上，想我们一家三口身分三处，几个可以托付自己的人又都太远不在身边……似乎还有一个同学可以寄托。

我用左手抖抖索索地一个数字一个数字地按，电话接通了，彩铃重复了两遍没有人接听，我已经没有力气再重复了。裴总急切地说“告诉我，我来拨”。我不再指望，心想算了。我含糊不清地报了另两个电话号码给他，一个是我在马鞍山的小妹妹，一个是我先生的司长小钟。

小凌一路超速一路闯红灯，把我送到了省立医院急救中心，时间不过才过去四十几分钟。

太多的人太多关切的脸在我的视线上方出现，压得我喘不过气来。我听见医生大声呼喝请大家离开，“给她保持流动的空气，请大家都离开”。我知道自己被抬上医院的推床，被脱掉鞋子，被送去急救。

我被缓缓送进旋转的机器中做 CT，四周的一切突然安静下来，我眼前也再没有一张熟悉的脸，耳边只有做急救的女医生温软的声音说“没事了，你别怕；没事了”。这时候我已经完全不能说话，只是觉得那声音真的温软体贴，那么亲切，那么让人心安，并且渐行渐远……

在昏迷过去之前，我一直并不害怕，也没思想，只是突然非常伤心——生命的本质真是孤独啊！

泪如泉涌，泪如泉涌……

思大于行

吊水，减轻颅压，48 小时的出血期过去了，72 小时的危险期过去了。

仿佛进入了婴儿期，嗜睡嗜睡，每天睡十二到十六小时，醒来看到的就是先生和小妹妹以及“魔女”“妖女”“神女”“米女”们关切的脸。（注：“魔女”“妖女”“神女”“米女”均为身边小友们的素日昵称）

意识到自己的身体不再是自己的了，有点烦恼。最讨厌的是，脑袋指挥不了手脚，不能以自然的习惯的方式吃喝拉撒。绝对平卧，绝对静养。

只能躺着，躺出浑身的酸痛麻胀。真难受啊！一个人身上有多少块骨骼，就有多少块骨头同时或者此起彼伏的在酸在痛（后来卉宝宝上网查询，知道人体骨骼是206块）。

想起健康的时候曾和朋友们探讨过生存的底线是什么。我们都认为，人一定要生活得有尊严、有品质，生存的底线当然就是能够自理自立。一旦到了不能自理的时候，生存就没有任何意义了，生命就可以被了断了。

现在想想，那真是健康之时的书生之见啊！说话的时候我们并不了解，当一个人真正到了不能自理的时候，即使他想了断，也不是一件可以轻而易举完成的事。第一，他要有能力了断自己，第二，要有别人肯听他的意愿并能帮助他。

从生活的操作层面看，真的很难。

我可能真的有点神经大条吧？我从来没有想到过脑出血这种厉害的病会导致多种后果。可我就是一直认定没什么大不了的，恢复只是时间问题。

身体不能动，但头可以。侧着脸，我能看到窗外。

窗外是另一栋住院楼，由于两栋楼的间距很小，楼层都高，视线看出去也根本看不见天空树木，只能看到对面的楼墙。好在高一点楼层的大玻璃窗像玻璃幕墙一样映画出头顶的天空。青白的玻璃，把本来不那么清澈的天空折射得蓝色冰蓝、云彩雪白，十分高远，十分赏心悦目。帮我度过漫漫时间，一天一天。

我的手脚渐渐恢复了动作机能。虽然还是木木的没有什么知觉，没有痛感，没有冷热感，但毕竟每天都有好转，每天进步一点点。

生活仍然继续，仍然在自己身边。不错！

附一

艰难时光

——亲友日志摘录

一夜无眠 by 小石头

9月11号中午2点，接到过兄的电话说："燕生病住院了，你能不能来合肥一趟？"我说："当然。但我上午还在电脑上和她聊天对话的啊。"原来燕因为血压太高（发病时血压140—220），加上过度疲劳，突发脑溢血了，右边手脚发麻不能动弹。

过兄在电话里声音很镇定，我也没有感觉，只是机械听着他的叙述。可放下电话回过神来，不禁悲从中来，好好的，怎么会？怎么会？如果瘫痪了怎么办？如果她死了怎么办？不会的！不会的！她不会有事的。眼泪止不住就落了下来。

带着哭腔向部门主任请了假，再打电话告诉老公，匆匆收拾了行李当天下午便赶到了合肥。一路上心急如焚，到了省立医院找11楼还找了大半天。小钟打电话说在省立医院新大楼11楼，我找到了8号9号楼，就是没看到11号楼的楼号。其实他说的11楼是指11层，也不说清楚，害人。

终于找到了省立医院急救中心大楼11楼，钟看到我先没让我进去，说"我先进去告诉她你来了"，还告诫我千万别激动。我调整好自己的情绪，进去看到了躺在病床上的燕，看到我，燕的眼泪就流下来了。是啊，老公出差在北京，儿子留学在加拿大，我是她生病卧床后见到的第一个家人，怎能不伤心呢？

见到燕后我放心了些，说话能听清楚，只是声音微弱，右边手脚也不是完全无知觉，但医生说48小时内是危险期，两个星期内颅内都有可能再出血，又让我们紧张起来。

过兄是当晚7点钟坐飞机从北京赶回来的，这之前除了必要的照顾人手之外，来探视的单位领导、同事一律被挡在了门外。晚上我们让其他人都回去休息，过兄和我陪着燕。

看着过兄焦虑、担心的眼神，我宽慰他说："没事的，一定不会有事的。"他的眼睛湿润了。本来病房里的沙发是可以放开来当床睡的，可他硬是坐在床边椅子上看护了妻子一夜，见她一想动便连忙上前帮她翻身，想说话了立刻俯耳上前仔细倾听。几十年的夫妻，也许激情已经不再，也许各忙各的工作有时忽略了对方，但当危难来临时，真情自然流露。让你明白，原来爱一直在那个地方。

过兄一夜无眠，我一直到近四点时盐水吊完了才在燕的脚边迷迷糊糊躺了一会儿，五点钟工人来打扫卫生，第一个夜晚总算平安度过了。

一定会好的 by 魔女斯斯

第一夜，我没有睡好。倒没有翻来覆去，只是一闭眼，脑子里都是她。她看见了妹妹和老公肯定又要哭，泪眼滂沱还是泪眼婆娑？要不要紧？会不会对病情不利？12点，我猛地醒来，以为天亮了可以起床了。中午的事太突然，疲劳，太疲劳，直接的原因。我奔上楼给她拿包，锁电脑，那时她在饭厅还可以小声地说话。下午到了医院，被挡在老远之外。等她们渐渐都散了，我还坐在老远的椅子上，悄悄地摸过去，隔着病房的玻璃瞄了几眼，然后又悄悄地躲在墙边看了一会。再后来，溜到床边。她仰面躺着，斜着眼睛看见了我——因为头不能动。没过一下，突然眼泪就流了下来，还拿打着点滴的左手去抹眼泪。我吓得不轻，赶紧把她的手拉下来，又给她擦眼泪。那个晚上她的妹妹和老公都赶回来了，于是也没让我们在那里守夜。

第二天一早，6点，就从床上蹦起来，6点半冲到病房门口。看到了海岩小小姨、过总，他们倒是被我吓了一跳，来得忒早。她已经醒了，据说睡得还不错，就是怎么睡都不舒服，毕竟不能怎么动，那种滋味的确很难受。上午要吊半瓶甘露醇，快速吊，一瓶甘油果酸，是慢吊，用来降颅压和刺激血管。甘油果酸吊了很痛，看她痛得直咧嘴，却没有任何办法，必须承受的痛苦。看她那样受罪，心里很不舒服，却不能表现出什么，也不能把她当病人。好在她天生还是开朗的性格，又有过总悉心的照料，还有小小姨的陪伴，总还是越来越好的。

听她说过她的朋友韩总曾说，人的一生总有定数。比如有的人有洁癖，那就很有可能前半辈子特别干净而后半辈子就特别邋遢。这句话对她的触动很大，她生怕自己要变成邋遢的人，就是生病，还是要每天换睡衣睡裤，要把帘子拉得严严实实。

她很敏感，隔壁床的老太太也是高血压，还有糖尿病，老太太的小女儿来的时候说到一句“就怕有后遗症”，她就睁开眼睛，把头扭到那边，紧紧地盯着人家，看人家怎么说。我知道她很害怕，怕会有后遗症，于是白了她一眼，说：“你怕什么，你又不会。”她知道我了解了她的心思，便不再那样紧张。

每个女人骨子里都是娇气的，只是有些人被生活打磨得失去了娇气的资格。而能有资格娇气的，至少还是幸福的。

她十分怕痛，吊水对血管伤害挺大，她又紧张，那天换了三个护士，扎了五针才扎进去。那时我不在，但也完全可以想象她涕泪横流的样子，并伴有不时的低声惨叫和超级的白眼（给笨拙的护士的）。下午抽血做血培养，一个男护士，手抖抖的，针斜着扎进去却抽不到血。她又是惨叫，后来又是泪，并宣布，再也不会让这个男护士扎针，情愿不扎了。

过总非常细心周到，喂饭，翻身，看守……让小小姨和我眼热得不行。让他回去休息，他不肯，说，在家最怕听见电话铃，生怕是医院打来的，所以情愿在医院守着，“她在我的视线之内，我就心安”。朴素的，却是最真实的言语。不得不服。

头两天，我总是告诉自己，会好的，一定会好的，她是好人。生怕说服不了自己，就再狠狠地告诉自己。是的，一定会的。

困了，先写一点是一点。等你看见的时候，相信你已经恢复到更好了。

心乱 by 菩提树下的梦

这是最艰难的一段时光。

灾难袭来，从不知名的方向，异常凶猛。

我看着那么弱又那么美的她，手足无措，又无能为力。

心很柔软，忽然觉得那个容易满足、竭力让自己快乐的女子，像我稚弱的幼妹。

想保护。

想守候。

她慢慢好转。每次去都听她伶牙俐齿地自嘲、笑谈。

觉得她很幸福。

然而，我还是心酸。

清洁如她，求全如她，精细如她，羞涩如她，却不得不忍受病卧在床带来的诸多不便……

而卧床多日后初初下地，自信满满，喜悦满满，却发现腿脚无力，怎会不张皇？

秋意一日浓似一日，桂花香气氤氲满城，而她却只能在玻璃窗反射出的一小片秋阳里，嗅着百合不知季节的浓香。

外面的生活突然渐远，好似无关。病中的时光如此凝滞，十日倒如一日。

只能找着空儿，跑去看看。流连，晚一些走，尽管明知不应碍她休息。

啊，这个女子，纵使病中，也明媚鲜艳可爱。

让我顿觉这世界虽有诸般恶，却又有诸般好。

放假前，开会，我什么也听不进去，拿着一张表格，在背面空白处，反反复复写着：

一心愁谢如枯兰

一心愁谢如枯兰

越写越乱。

9 月 19 日“韦帕”之夜

今天天色阴沉，气温陡降，风很强劲，雨也很大。

风中雨中，连玻璃幕墙上的风景也消失了。

秋天真的来了……

吊水，闲着也是闲着。脑海里千军万马，却无将帅。每一思绪，都是信马由缰。

想起在董桥《故事》中读过他欣赏的一句好词，“独对千金怀一刻，纵一刻，也千秋”（回家复阅，知是周炼霞赠宋训伦画《唐人诗意图》上的题词），咀嚼良久，心境像天境一样，雨打风吹，落红飘零。

吟小诗一首：

秋风秋雨愁煞人，
独陷秋榻自沉沦。
秋风一袭雨千点，
露桥笛蛙两无闻。

台风赶快过去吧！

缓移莲步

9 月 28 号，主治大夫们还是意见不一，搞得病人莫衷一是。有的专家说必须平卧静躺三周，出血点吸收得越充分越好；有的说在可能的情况下越早活动机能恢复越好。我想，只要有一个专家说可以活动一定是问题不大的:医生们的话，总是有相当大的保留余地，不可不听，也不可全听。

清早起来，我便在先生的帮助下颤颤巍巍站了起来。右半侧身体力量很弱，重量基本上靠在先生的身上，但总归是双脚落在地上，重接地气了，心情大好！心情大好！！

很累，很累，但很快乐。

回到病床，抓过手机，急不可耐地写了一条信息群发了出去——

亲爱的们，我刚才站了两分钟。在外力帮助下，缓移莲步，一挪三五寸，终于靠到门框上，看到门外边了（门外边是洁净宽敞的病区长廊和护士站，入院以来第一次见面）！

哈哈，天是阴天，但心情晴朗，邀你们同乐！

不多一会，手机一再振动，朋友们的回信都来了。

倏尔小妖（最先回复）7 点 25 分：

“我刚刚醒来，原来今天有一个如此快乐的开始啊。我掀开窗帘，的确阴天。但阴天也很可爱了。你一如既往有着一日千里的优秀表现啊！”

7 点 27 分她又补了一条过来：

“突然想起凤凰涅槃，嗯，这更靠谱，亲爱的，原来人生是以磨难换来大喜悦啊。”

7点30分魔女斯斯的信息接踵而至：

“哈哈哈，太好啦，这是最想看到的事，这是最想听到的好消息。我下午去，你别太累了。量力前行，多休息康复更快！”

海那边写了三个字，7点31分：“巨高兴！”

小石头7点58分：“哈哈，心情大好吧？呵呵，祝贺祝贺！”

萍儿7点59分：“越来越好，注意安全，为你快速恢复高兴！”

程兄8点05分：“贤妹，首先祝贺你恢复得很好很快，但我要提醒的是，恢复是一个较长的过程，不要急于求成，坚持锻炼的同时不要轻举妄动。祝福你。老兄。”

新民7点56分：“好！望同志继续努力，早日取得革命的完全胜利！”

……

天下之友无数，以投缘为佳；

天下之谊无尽，以适己为品；

天下之情无量，以称心为贵；

天下之爱无穷，以知音为重。

以快乐的心情，祝投缘、适己、称心、知音如你们，国庆快乐！

附二

魔女斯斯的日志

在国庆的前一天 ，

风终于出院了。

回到二十天未进的家，每个人都很开心。

高兴似乎是从心底源源不断涌出的泉水。

这二十天以来，急诊中心的每一部电梯都有我们上下的身影，

就连查房时看门的老太太都混得很熟，对我们很好。

在推风出来坐电梯下楼时，我指着那一排座椅说：那就是我们平时吃午饭的地方哦。

回家的车上，她一个接一个地念路边的商店名，

似乎是一个陌生的城市的陌生到访者。

实在很容易理解她的心情，

终于躺在了她自己宽大的床上，

满意的笑容，绽放！

午饭也是四个人齐坐在餐桌边共享的……接下来的时间，还是需要好好地休息 。

病中日志结语

周一至五晚上周六周日上午，每天针灸推拿，吃中药西药，仰卧床上做规定动作、做既定运动，枯燥乏味得很。

无论在家还是在医院，我都有大把的时间躺着可供神游。躺着躺着，经常想起病中几件好玩的事情，窃笑不已。事情很小很琐细，说出来也许会被人笑话，但是对我而言，有的可心，有的可意，我无法忘记。

住院期间，我曾收到三件可心的礼物。

第一件是一只谭木匠牌小镜子，木质护封板上疏放地雕有一条花枝。镜子作为礼物的贵重不在于它的价值品格，而在于有了它，我得以端详自己的容貌，确认自己的眉眼没有走型。发病后我一直在担心，想如果面目有所扭曲变样，打死我也不愿任何人看我；要断然谢绝任何形式的参观慰问。

第二件是一只白色考拉公仔，有一只硕大的鼻子和一双浑圆的眼睛。住院期间，我用它垫着手臂吊水、垫酸痛的腰和腿。我常用颤巍巍的手指点它的眼睛鼻子耳朵，恢复手部的指向动作能力。没情绪的时候，我和它对视对话；高兴的时候，就把它搂在被单里。心理上像多了一个不离不弃同甘共苦的同行人。

第三件是一只香袋。透明的橘黄色绢纱香囊，装着四枚白色小小的香木恐龙蛋，幽幽长长地散发出丝丝缕缕香气。在我的感觉中，它像是形成了一个无形的气场，把医院特有的消毒水的气味，和另外一种怪怪的不洁的混合气味与我隔离开，让我能够自在呼吸。

可意的事情就有些滑稽了。

洗头:在绝对平卧的那些天,天气闷热。我躺在厚厚软软的棉褥上，像待在温箱或桑拿房一样，几能听到汗水滋滋地从毛孔往外渗的声音，几能闻见酸酸甜甜酿酒过度的气味。在忍耐到了极限的时候，几位胆大包天的丫头，在小石头、海那边的主持下，瞒着医生和先生，小心翼翼地捧着我既不能承力又不能颠动的大好头颅，勇敢而辛苦地为我清洁了头发。那个洗浴的结果，使我享受重返人间的欢愉感和舒适感。觉得活着真好，朋友真好。

吃百家饭:一个懒人身边，必定有十个勤快人维护;一个病人身边，必定有许多好朋友关怀。当一个懒人变成病人，你就放开想象她能享受什么待遇吧！我在不能进食和限制进食的时候，吃了百家饭喝了百色汤，比我健康的时候自己打理的时候不知丰富美味多少倍！仅汤类，我记得的品种就有——南瓜汤、萝卜南瓜汤、萝卜蜂蜜汤、南瓜红苕汤、鲫鱼汤、鲑鱼汤、排骨虫草汤、毛白菜汤、毛白菜肉圆猪肝汤、鸭血白菜汤、鸡汤、蟹糊、燕窝……以致小狐狸听小妖描述了我吃东西的幸福模样,彻底明白了做懒人真幸福的道理,坚定了要“把懒人做到底”的决心，变得完全与我同心同德同伍!

特色祝福：有朋友打飞的从深圳上海北京来合肥专程探视；有朋友遥寄木瓜、燕窝、药品、拥抱;有长辈信息鼓励坚持遥控锻炼节奏……还有一位呆呆的朋友农历八月十六还给我发来信息，说：“今晚的月亮为你圆——为你的健康！……为你的快乐！”

我明白，十六的月亮当然不是为我而圆，但祝福是为我而来。

我记下了菩提下的树的祝祷：“你是我看见过的最幸福和快乐的病人，以至于我常常觉得你就是没病没灾一好人。我知道你一定会恢复如常。无须怀疑，亲爱的。”

记下了以上种种，是因为我感动感慨，也是为病中日志做个结语，感谢你们为我费力费神、用情用心、担惊受扰。

附三

小妖的日志

今天加班，中午时分，我完成了手边的事情。斯斯回去了，其余的人都去吃饭了，我坐在空荡荡的办公室，一个人慢慢读着这一篇长文，像从一个长长的梦魇中醒来。

醒来。窗外满目春光。

真好！

你又回来了真好！

春天来了真好！

连日天晴真好！

快乐心安真好！

附四

狐狸的信：惊心动魄　泪如泉涌

我清晰地记得，接到斯斯短信告诉我你发病的时候，我正在机场候机，请了公休假和同学去云南旅游。我无法形容我当时的震惊和担忧。“脑溢血”，这是三个让我听到就心惊肉跳的字眼，是最让我厌恶和害怕的三个字。当时我的眼泪就下来了。我怎么也想不到，一向那么健康、乐观的你，怎么会摊上这么可怕的病？

我还是带着满肚子的牵挂踏上了既定的旅程——不能丢下我同学一个人啊！一路上，我魂不守舍地不断发短信给斯斯询问病情，好在好消息也接踵而至：苏醒、度过危险期、转至普通病房……终于回到合肥，迫不及待地去看你，啊，一进门就看到你那熟悉的、美丽的笑脸。虽然躺在床上不能动弹，可是，美丽如是，乐观如是，温暖如是……我完全放下心来。之后却很少去看你，一是觉得你身边有那么多亲朋好友，把你照顾得那么好,哪需要笨手笨脚的我？况且医生不是说要“静”养么？于是，安心等着你回归，也很快就等来了，“亲爱的们”又聚齐了！

对于我们局外人，你的发病、治疗、康复也不过就是几个月的日子而已，尤其像我这种大大咧咧的人，最初的震惊和担忧之后，就是安心的等待，觉得“康复”是理所当然的，是必然的，从来也没细想这个过程中你所承受的痛苦、恐惧和折磨，我为自己的没心没肺感到深深的自责和遗憾……

一晃快十年过去了。今天读到你的文章，看到你对发病过程的描述，我又一次泪眼模糊。你是上天特别眷顾的人，所以你虽然经受了大难，却终究似涅槃的凤凰重回我们身边,这是你自己、你的家人朋友们的大幸，感谢上天！

我想起了我不幸的妈妈，深夜发病，摔倒在地，颠簸两个小时才被送到条件极差的乡镇医院，被告知回天无力，又被抬回家。在她生命的最后时刻，她就那么睁大双眼望着我，十九岁的我只是一个劲儿地哭！不停地给她打扇子、擦汗水。当时我以为她已人事不省，现在才知道，原来一切她都能听到、看到啊。那她该有多么孤独、恐惧和悲伤啊，她看着我的眼里有多少无奈与不舍啊！可惜，我没能安慰她，告诉她我有多爱她，就让她一个人孤零、凄凉地离开了人世。我就这么一夜之间失去了妈妈……

生命很奇妙。有时它很坚强，就算受尽万千折磨，经历九死一生，仍然生龙活虎，熠熠生辉；有时又很脆弱，一阵风吹雨打，就繁华落尽，零落成泥。我们能做的，唯有珍惜、保重。

用放大镜内省

不久之前经历的那场脑出血，使我的身体一直感到不适，而且造成了创伤后的心理压力和惊恐感。我在初次回到办公室的时候，就有一种非常不舒服的感觉，担心不知道什么时候又会怎么样。

那是一种非常复杂的、带有暗示性和医学性的问题——联想和混乱。

我总是隐隐觉得自己和以前不一样了，从某种程度上说，自己是个受损的人，不像以前那样完整、坚强、柔韧甚至智慧了。

直到今天，我已经上班这么多次了，在办公室也已经安之若素，可还是有意无意地回避我的发病场所——三楼职工食堂。

所以，现在，我相信心理障碍的确是存在的。

而且，我也相信，当我能够把这种心理感觉描述出来，一方面是希望与同我遭遇相似的人印证心怀；另一方面，也借此证明自己已经开始缓释心理紧张了。

真的，不说什么的时候，不等于没有什么。

我默默地对自己说，我一定能独往独来，行动矫健。

你们见证。

我能

看看窗外，很好的莹莹秀月。前天还是银白色细细的一线月牙，就已经好看极了；今天朗朗穹庐，仍然没有一颗星星，只是月亮又丰盈了些。

很想约朋友一起欣赏，但是怕她们笑话某人闲散无聊就会抬头看天，所以作罢。一个人趴在窗台上仰天俯地左顾右盼心旷神怡了好久。

我是喜欢做家务的人，琐琐碎碎的忙，能感受主妇的成就。自从生病，茂群一直陪伴我，帮我管家、帮我操持，所有家务我是一点也没沾手了。轻松是轻松，可是与家、与我自己的生活，总有些隔离隔膜。今天好了，茂群回去了，先生下午加班，我一个人待在干干净净的家里，享受着安静和自在，期期摸摸，真的很舒服。事情倒也没做什么，只是为自己在微波炉热了盒饭，但就是感觉不错。说到底，广告词里用过的两个字——我能！

我要继续努力，恢复协调性，加强持久性，过几天闷嘴蝈蝈要回来了；过十几天元旦要来了，我要以最好的健康状态迎接他们，回归生活。

闺蜜说

倏尔小妖
慢慢地，回到从前的生活，但虽然是与从前一样的生活，感觉上却又有点新崭崭的，好像重新刷了亮漆，总有点新鲜与喜气。

少儿玲鸣
看到你家的干净，我受了刺激，回来后好好把家打扫了一下，看着也舒服了几天。现在又脏乱差了。本性难移啊！
随它去吧！

斯斯
你是变相给某产品做广告捏……哈哈哈

悬崖上的风
盼着你的回归……

天蝎小猪
女人，贤良是美德。多好的机会，找回自己的本我。嘻嘻！我喜欢爱干净的女人。何况，陶醉在琐碎的生活里时，熠熠闪光的细节，会消解所有的无聊。慵闲的日子，会让情绪暧昧而温情。
“闷嘴蝈蝈”是啥？好玩吗？

旺恒
注意到，你用了“心旷神怡”，喜欢这样的你。
继续，明天依旧明朗。不，是更加明媚。

仰望星空

摄影＿过仕刚

野外静谧纯净的夜，空气里充满春天新生的青草的香气；天空布满繁星，密密匝匝，高远深邃，令人向往飞翔。

没有月亮，所以周围不是那么明亮，但是仍然可以看得很远。看得见近处的树树繁花，看得见远处的屋的剪影，以及脚下蜿蜒的道路的伸延。

仰望星空。

继续仰望。

天似穹庐，感到自己一点点变得渺小轻盈。

心染春绿

今天很平常，今大也很特别。

平常，是因为它是一年 365 天中的一天；特别，是因为它是今年 365 天中的第一天。

如果你觉得今天平常，你可能拥有一颗平常心，正享受平常人生的平静和安详。

如果你觉得今天特别，你可能很敏感善感，正筹谋生活中特别的快乐和满足。

无论如何，今天是新的一年的第一天。是心神憧憬、意绪遄飞的最佳时点，再木讷的人，今天，哪怕他没有做任何开元意义上的举动，都有些不可名状的不同以往。

随着冷空气的到来，广东的天气异乎寻常地清朗清凉。少见的蔚蓝天空，少见的灿烂阳光。

眼前的我既真实又简单——我希望这一切预示新年好运新年幸福新年昌顺；爸爸们无所不知，妈妈们眉开眼笑，娃娃们烂漫天真。至于你我他嘛——快乐工作，欢喜生活，心染春绿，笑绽花颜！

摄影 _ 过什刚

舍不得长假将尽

舍不得这个长假就这样过去，舍不得这个新年就这样开始。也并没有计划要办什么大事情，只是决心抓住最后的一个假日早晨美美地睡到八九上十点。所谓自然醒，是多么舒适的状态，多么难得，想想都觉得惬意。

可是，绝早的，没有任何动静的，就醒了。连这么一个最最平实微小的愿望也没能实现，我心里满满的是惆怅。努力不去思想，坚持不挪动身体，希望能够稍稍“回笼”一下。

可是，头脑清明到极致，使劲让自己蒙眬也是不行。

还有三十几小时就要上班了，这一天，多少人该离家返回工作之地了？

准备出门的人明天就该启程了吧？难得见面的人，如果今天不见，不知道该哪天才能再见？

过了今天，该没有由头放任自己做想做而没什么道理做的事情了。

明天会是多么忙碌的一天啊！

一岁光阴，一程山水，一段记忆。

整理一下思绪。

喜欢过节，因为节庆；又怕过节，因为怀远；长假将尽，又是不舍。

呵呵，人该如何存在？

香味在弥漫中，春天在路途中，爆竹在鸣放中，思念在像我们这样分离的家庭中……这是我对一个小留学生说的，也是我喜欢过年的原因之一。

鲜花、美食、团聚、“呼啸来去”……所有这些美事迷彩，过了今天，就都消失不见了。生活回归常态，马车变回南瓜，这是我舍不得假期过去的原因。

常态意味着节奏、程序、计划、步调、博弈……

常态从明天开始。

而我，生性不是喜欢这些的人！

这个长假，舍弃了一段回忆，存储了一些记忆。

有人说得好，无论什么，结束得好便是永生。

可是，永生不是轻易可以得到的。在烈火中永生，在烈火中涅槃，前提是，有烈火。

怕只怕，一觉醒来，白发如雪，心事如常，思念如常。

春风、夏雨、秋阳、冬雪，幸有苍苍者不解风情！

新岁之初，拥抱每一位旧友新朋吧，庆幸最好的时光我们彼此都在，即使彼此天涯，也要各自安好。至于是否并肩，并不特别重要。

一个鲤鱼打挺，我关掉情绪的龙头，终于起床。

守望黎明

今天，不，已经是昨天晚上了，我过了独属于自己的纪念日——我的生日。

有花有酒有巧克力有蛋糕；有欢笑有温暖有真诚有朋友。

在这样一个浮躁的年代、功利的社会，大家因为有情聚在一起。

这一刻，我的心清澈了很多。

生活尽管有太多地方让我们失望，却仍然有很多平凡的面孔、普通的事情让彼此感动。

摄影 _ 高新

于是我想:总得有人、总得有文字讴歌美好。只要能守住年轻的梦，不让世界上越来越灿烂的青春凋敝得越来越快，不让人生越来越显得珍贵的浪漫被功利迅速腐蚀，不让越来越重要的童真被冷漠败坏……如歌的行板，美丽的童话，但凡一切向上的向美的向好的表达形式，都是值得嘉许的吧?

感性生存，是人生的一个美妙阶段。给生活多一些崇高；让年轻的生命积蓄能量、积蓄经验；培养呼唤远古、握手未来的气度和胸襟，也可以是帮助踏在实地上的脚步更稳健更有力的方法之一吧?

我们日常的生活都被为获得有用价值的忙碌塞满，文化的命题，生命的意义，在唯物质的奔波中显得无足轻重而被我们忽视和轻视。其实每个人都逃不出自己的心，逃不出灵魂深处最隐秘的真意和愿望。我们的问题不是心灵麻木不麻木，而是有没有内视反省自己的能力。

又是一年，生活还要继续。要记住，生存有角力，道德有底线。

而我现在想要的，是在子夜寂静的大街上"穿着高跟鞋散步"。

闺蜜说

LEE Cindy

很多女人在过生日时只有满心恐惧，没有一丝情调了。穿高跟鞋在芝加哥河的桥上匆匆而过的女人是我见过的天下最美的风景了。

雄兵百万，不抵流年

连绵阴雨，把踏春赏梅那天欣欣然拥入怀里的明媚清阳一扫而尽。虽然回归的温度湿度非常吻合应时的早春季节，甚至连拂过人面的轻风也并不料峭，反显得比往常柔和很多，但是心情仍然和低垂的天空一样，无论如何高远不起来，明亮不起来，飞扬不起来。

我是一个非常容易感受快乐的人，做事也全神贯注，看稿看书都极易进入情境，有人家在耳边聒噪，只要我不愿意听就完全不受干扰的功夫和定力。但是今天干了半天活也还在走神，实在反常。沮丧中，看编辑室的同仁们一个个也都面无表情、双目散神，于是认定与我同心同病的人不在少数——气候综合征。

在自己的 MSN 上挂上了一句话，表达了自己真实的感叹——

连绵阴雨，傻乐的人一定有坚强的神经!

主要是自嘲。

收到短信息。是一个平时不太啰唆的大学同学发来的。

感觉奇怪。难道天气阴湿到连这样木讷的家伙也有了发潮反应?

打开一看，真是好词——

梧桐树，西风黄叶飘，夕日疏林梢。花事匆匆，零落凭谁吊？朱颜镜里老，白发愁边绕。一倏光阴，底是催人老。有千金，也难买韶华好。

——李叔同《老少年曲》

感慨万千。

感慨万千了，便什么也说不出来了。

真正是——

花且如此，人何以堪？雄兵百万，不抵流年！

花尚如此，情何以堪？山盟海誓，风蚀成烟！

时间之斧

最近在编辑大学同学毕业纪念册，在编排新老照片的对比版面的时候，特别感慨时间的斧削力量。

站在穿越时空的疏离立场，我观看着一张张影像如何一点点变化，目睹一个个生命无可避免或优雅或粗糙地变老，深刻感受到衰败确实比死亡还要可怕——面庞还是那个面庞，微笑还是那个微笑，可是时间的印痕非常明晰，神貌的年轮不一样了。

在网上看到常住赫尔辛基的 Wilma Hurskainen 邀请她的三个姐妹和她一起重塑小时候爸爸为她们拍摄的三十多幅老照片。她希望每张新照片都能与旧照片十分相似，所以新旧照片中的背景和排列，甚至每个女孩在照片中的位置和表情都是完全一致的。拍出来的新照片与旧照片形成了现在与过去的强烈对比，时间的痕迹在四姐妹的变化上展露无遗时，我从另一个角度感受到生命的勃发的力量、生存的饱满的魅力和丰盈的乐趣，觉得以上的感慨虽然非常真切但也实在不必沉溺、不必哀伤。

生命是一个过程：有诞生有消亡，有欢笑有病痛。可是遇到困难的时候我们往往会忘记这一点。

时光无法倒流，那就从容接受这个事实，自信自在地在每个阶段让生命发挥到尽可能的好、适合自己的好，保持增加生命广度和厚度的热情。

摄影 _ 徐徐

惊蛰

惊蛰小虫醒，

携春太平游。

细雨抚花树，

心湾泊小舟。

摄影 _ 过仕刚

笑容的年轮

阳光的暖意，水波纹理，风的味道，某一点相同相近的气息都可以引发非物质的记忆和联想。

斯斯发来去年为她庆生时候的照片,同时感叹“一年一年真快啊”！

我看照片，仔细端品。可不是吗？不是说容颜感觉变老了多少，而是笑容，笑容变得不太一样了。

有点震撼，有些荒凉。今天老于昨天，何况去年！

境由心造

费勇在《刹那花开》一书里说："快乐的人之所以永远快乐，并不是因为他的生活特别平顺，而是他以坦然、愉快的心境去看待人生的一切，以及他自己遭遇的一切。"

当我看到这几句看似说禅的平易的话，忍不住地咀嚼回味，四周喧嚣的世界仿佛也刹那间澄定清静了下来。用心印证古往今来东西南北我们生活中直接的间接的经验，一种豁然开朗、从容淡定的感觉真切五骸浸润心神。

说文解字说："思"者，上为"田"，下为"心"，即"心之田"；"想"者，上为"相"，下为"心"，即"心之相"。

思想如何，你对事物的判断就如何。所谓"仁者见仁，智者见智"，所谓"境由心造，相由心生"。

熊十力先生在《境由心生》一书中这样说过：一个人的处境是苦是乐常是主观的。有人安于某种生活，有人不能。因此能安于自己目前处境的不妨就如此生活下去，不能的只好努力另找出路。你无法断言哪里才是成功的，也无法肯定当自己到达了某一点之后，会不会快乐。有些人永远不会感到满足，他的快乐只建立在不断地追求与争取的过程之中，因此，他的目标不断地向远处推移。这种人的快乐可能少，但成就可能大。苦乐全凭自己判断，这和客观环境并不一定有直接关系，正如一个不爱珠宝的女人，即使置身在极其重视虚荣的环境，也无伤她的自尊。拥有万卷书的穷书生，并不想去和百万富翁交换钻石或股票。满足于田园生活的人也并不艳羡任何学者的荣誉头衔，或高官厚禄。你的爱好就是你的方向，你的兴趣就是你的资本，各人有各人理想的乐园，各安天命。

总之，人要明白自己追求什么。你要“什么”，那“什么”所带来的结果你要坦然接受，否则，心之田荒草芜杂，心之相乱造幻境，烦恼永远无止无休。

如果每个人都以自己的心灵去观看，都会知觉荣华背后有荒凉的道理，就像万物万象：有花开必有花败，有朝升必有夕落，天有阴有晴，月有圆有缺，水有盈有竭，缘有聚有散……倘若总是直奔生命的终极现象，伤春悲秋，强调孤独像死亡一样无可救药，计较痛苦像死亡一样永远不会被抹掉，人的一生会过得多么荒凉惨淡呢？

自省自警……

闺蜜说

LEE Cindy

很多不怕死的人痛苦到了极限，就选择结束自己的生命；很多怕死的人痛苦到了极限时，便学会怨天尤人。很多快乐的人不是天性快乐，而是智慧带给他们快乐。

默然思念

临近清明，思念母亲的心思越发稠浓。看书的时候，走路的时候，聚会的时候,都会触发回忆某段往事。触感,气息,声音,色彩,影像……几近环绕，包裹全身。

围墙外那些淡紫色和白色的茂密的丁香花还没有开放吧？最近经常闪回的，就是与丁香花有关的一个场景——妈妈住在合肥的时候，经常一个人晚上出门散步。出去的时候，总是拎一个小纸袋，带一把小剪刀，走过花丛的时候会剪一小捧丁香花带回家插在茶几的小花瓶里。每次出门的时候和我招呼,眼神里满满都是希望陪伴的询问。而我，下班回家刚刚用过晚餐洗过碗筷，或者是忙或者根本就是懒散，做出回应的次数不是很多。现在思及，总是后悔不已，祈祷当时没让妈妈太失望和失意。心痛不已。

春天到了，该种树了。因为妈妈喜欢丁香花，所以也想种一棵。丁香看起来很精致，很脆弱，其实习性强健，忍受得了暴风雨和干旱，挺得过秋霜和严冬，而且繁荣生长，花开满枝，气息芬芳，很像我妈妈一生的经历和性格。这样一想，更想种一棵丁香树。

孤单孤独孤寂孤立感有时候会侵蚀心灵，我明白这个道理，所以会自我排解，种树是我的方法之一。

清明将近，幕天席地草芊芊，我该邀约姊妹们回安庆给爸妈扫墓了。

今日 · 清明

摄影 _ 过仕刚

休戚空，相思中，

晨昏独望；

天同覆，地同载，

生死并参。

——每一次怀念都是重聚

人的一生，能经历多少个曾经？

昨晚，像候鸟趋暖，我搬回到红星路一号的老房子住了。

坐在熟悉而又新鲜的环境里，闻得到新装修的房子散发出淡淡的油漆味。仿佛回到故乡一样，感觉到一种懒洋洋的舒心和放松。

屋里有暖气，外头下着雨，打开窗子，调剂一下室内空气的湿度。手里捧着热乎乎的香茶，我在房子里到处转转看看。

因爸爸过世，在老家为父母买的新房子妈妈坚决不住，让她一个人住老家的老房子我们五姊妹又都不放心，所以我把省委大院的房子重新装修了给妈妈做她的“老巢”。我一直认为，老人家，必须有一个独属自己的空间，这样，出可与儿女自在团聚，退可任个人自由挥洒，可进可退可以做主，日子就过得安稳，心才比较有安全感。无论是谁，一旦明了自己再也甩不开依附性，生活就开始变得凄凉。

我站在妈妈和爸爸每次来都住的房间里，看着她从老家搬来的包裹塞在这里那里外加满满的衣橱，心里很踏实、安逸。

妈妈现在正在珠海陪我的大妹。大妹中风之后就有了语言障碍，一直说不出话，表达不了自己的意愿。家里人根据语言情境加上熟知她的脾性，能够把她的心思揣摩个一二三四，可是请来的阿姨就完全不行了，她说的阿姨不懂，阿姨做的不如她意。于是经常出现两人对视，大妹着急得满头大汗，阿姨也着急得满头大汗的场面。妈妈舍不得女儿遭罪，又希望能维持佣工长久，只好一直陪在身边。

想妈妈，出生时家庭富裕，娇生惯养；成家后夫婿恩爱，举案齐眉。虽然婚后子女众多生活清淡，可是一直有外婆、太婆婆两个老人家帮衬，一家子和和乐乐，一辈子没受家务之苦。后来虽说爸爸身体不好一直靠她照顾，但老夫妻仍然夏天避暑冬日驱暖上北下南随心游历，不可谓不自在。可是现在，爸爸刚走大妹就生了病，老太太离不开，放不下，随之陪着囿于屋舍之间离不开半步，生活模式被彻底颠覆。

妈妈说会回老家为爸爸做清明，这段时间哪里都不去。于是，装修好了的房子，现在，还是我来先住。我站在这里，心里温温的弥漫着想念和舍不得，不由得想，家务间歇的时候，半夜入梦的时候，妈妈会不会感到落寞？有没有叹息呢？娇龙玉凤的吴大小姐，现在是不是在经历另一种意义上的老境凄凉呢？

开始想那些过去的时光，想大妹夫的不容易，想昨天、今天、明天。慢慢有些伤感起来。

人的一生，会经历多少个曾经啊！

——曾经快乐，曾经磨难，曾经梦想，曾经坚守，曾经幸福，曾经失意，曾经爱恋，曾经离别，曾经孤独，曾经遗忘……在经历了这么多曾经的时候，曾经年轻健康的生命，衰败向晚。

作为人子的我们，以及正经历所有“曾经”的人们，是不是应该放慢脚步，多珍惜当下，多拥抱亲人？！

坐下给妈妈打电话。

闺蜜说

GL
每一个现在和未来都会变成曾经，每一个曾经都曾经是现在和未来。有没有逻辑混乱？好像没有。

摄影 _ 刘姜

独处

终于在工作了十二天之后可以休息一个大周末。

本想睡一个大大的懒觉，可是奇怪，一大早早早就醒了，并且继续奇怪，定在每天七点半叫醒的闹钟昨晚忘了关居然也一直没有闹响。

把枕头与脖子的方位调整得舒服一点，希望再睡一会。可是突然听到一阵一阵春雷由远及近，滚滚而来。

真正的春雷！真正滚滚而来！一阵震撼的感觉挟裹全身……

彻底清醒。

躺着不动，侧过脸看往窗外。天阴沉沉的，光线很暗，昨日天的高蓝，绿的饱满，叶的多汁，一下子风韵全无，取而代之的是早春二月似的丝丝凉意。不应该吧？！

下起了一阵小雨。来势并不小，劲头却不大，刚刚把地面濡湿透了就鸣金收兵。

面对无限宁静的清晨、宝贵的难得闲暇，思维纷乱不知所以。不由想起朋友日志中的一句话："没有想去的地方，没有想做的事情，没有想品的味道，没有想念的人。这个春天，一步步远离。"

她的深深惆怅，我感同身受。不同的是，我有想去的地方，有想做的事情，有想品的味道，有想念的人。可是不能成行。

寂寞没有形态，所以无孔不入……

不再想。起床。收拾卫生，收拾心情。

看闲书。不看要动脑子的高大上的著作，今天一定随意尽兴。

一个人，更不想好好做饭。把牛奶、烤馍片、木瓜茶、巧克力放在触手可及的地方。我一直在反省，我们这一代的主妇，真做得不如我们的母亲辈出色！不过，反省归反省，学是学不来的。

拿出萧丽红的小说《千江有水千江月》，刚看了封面腰封上的题词就不想再看下去了。“二十五年。我们老了，故事没老；故事外的我们丢了纯真，故事里的他们依然紧握爱情……”这段话，悠悠低吟出含蓄的怅惘，所谓花已向晚、沧海桑田，都在字里行间静静流淌。

于是，合上书本，打开电脑，搜片。放任自己沉浸其中，一口气看了近十个小时。看到自己反胃要吐。

歇歇气，灌了满满一杯白开水下肚。写了几封邮件、接收了几张照片。决定出门散步。深深觉得这一天过得很自在，很充实：有自我反省，有与自己灵魂的对话，还跳出自己的生活接触了不同文化不同历史别处别人的生活，并形成一个相对自足的内心世界。

看来：交往是一种能力，而独处，从另一种角度看，也是一种能力。

徜徉

清风在星空下荡漾，星光灿烂；
欣喜在寂静中旋转，满怀草香。
蛙鸣鼓荡在池塘，
四面八方，此消彼长。
红的花红在枝头上。

远离尘嚣，
远离思想。
看不见斑斓，
闻得到春光。

人生也许交叉、也许平行，
也许同路、也许反向。
春暖花开，亦如流萤；
春暖花痴，岁岁徜徉。

草木皆香，迎风疯长；
斜的桥斜卧在水面上。

摄影＿远远

且吃茶去

据高人说：云南是个好地方，种什么长什么，是一个插扁担都能长扁担的地方。到了云南，方知道此言当真不虚。云南有丰富的新鲜食材可以享用，绝对绿色，非常自然。在这里，开心的时候，可以吃好吃的庆祝一下；难过的时候，吃好吃的安慰一下；无聊的时候，吃好吃的消遣一下；怀念的时候，吃好吃的寄托一下……如果生活中没有“一顿好吃的”解决不了的问题，请到云南来。

当然，云南的普洱茶也是极好的！有茶在手，坐对良友，那情境，多么惬意自在！2016年春我和几位友人的云南之旅，便是冲茶而来。景迈，是重要一站。

景迈山位于云南省的西南边陲普洱市澜沧拉祜自治县惠民乡，东邻西双版纳勐海县，西邻缅甸，是西双版纳、普洱与缅甸的交界处。

景迈，一个让时光可以滞停可以流逝的地方。这里有11.7万亩古树茶园，有最美的月光，最壮观的云海。有欢乐的傣族、喝酒的布朗族……

摄影＿过仕刚

景迈山的普洱古树茶由几百年前的先人以茶种种植，生长在深山丛林之中，自然承受天地之精华，所制成的普洱生茶香气馥郁，山野之气强烈，苦涩度低，鲜爽度好，回甘香甜味凸显而持久，条索紧结较细且黑亮。是台地茶不可比拟的。台地茶和古树茶的区别之一在于树龄。台地茶由当代人插枝种植，古树茶则由几百年前的先人以茶种种植。区别之二，古树茶树有多高，根扎多深，所以根系发达，可以吸收土壤深层的营养物质，不施农药化肥。区别之三，古树茶种植在深山丛林之中，生态环境丰富，茶叶品质丰厚。

站立在古茶园的古树之下，仿佛时光穿越，瞬间回到茶树初种的唐朝，我们自己也个个变幻为年轻丰腴的唐朝美人。

我们入住阿百腊客栈，白天上山走寨，拈花观叶，傣乡傣调，笑语喧喧；晚上转回客栈，沐浴更衣，且吃茶去，畅聊达旦。

塘石道，古茶园，当时只道是寻常，然而现在追忆，却恍惚是尘世间一段好梦。

记得那时曾口拈四句——

春深月色印窗檐，

远更近漏一梦衔。

古园茶香风未送，

亦无流连亦无眠。

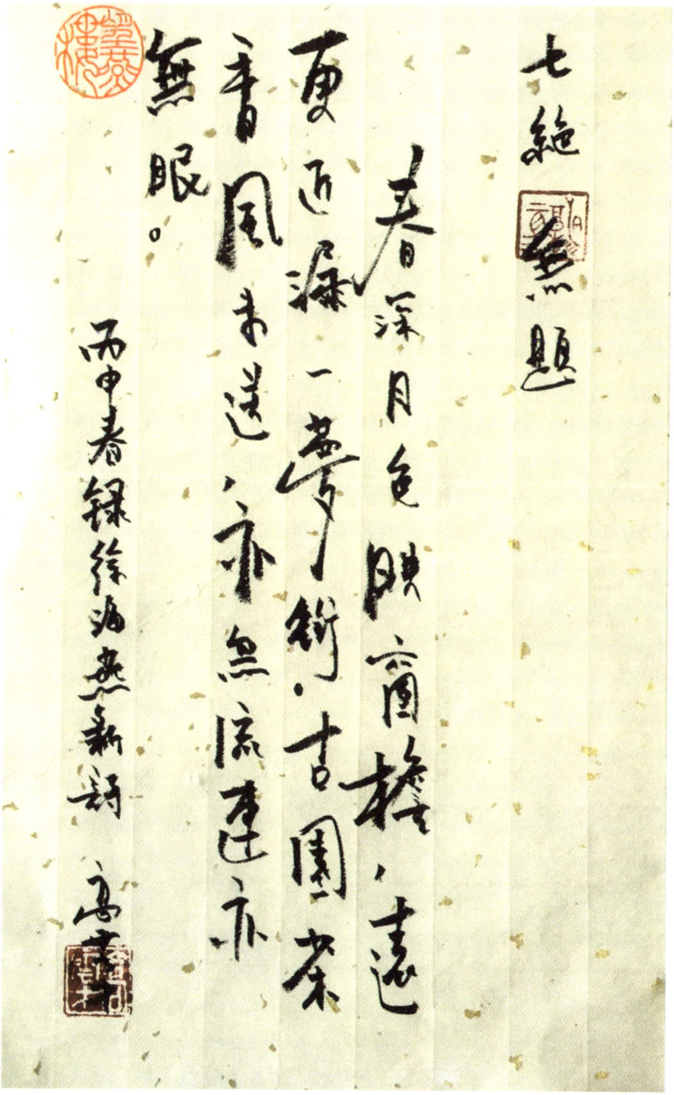

高云才手书诗笺

人心是渊

下班后不想回家的我，借口避开下班高峰期的巴士车，在电脑桌前稳坐不动，但是茫茫然不知所以。

有的时候，做得越多越不好。编辑部门抱怨办公室朝向不好光线不好；行政部门埋怨办公家具比编辑部门差。谁都认为自己的优越是该得的，谁都把己方的弱项与对方的强项比。很烦！人心是渊。我累了，真的累了。

灰心得很。这么琐屑、这些计较！不伺候了！

但是我还是不想回家。与影成双，回家自斟自饮吗？

所以，没有谁在家等候的我，或者只好坐在办公室自主加班、自愿干活；或者只好独自穿过马路，把路灯看破，把星星看破，把夜空看破。

今天，我选择路灯。

选择的理由，是接到朋友电话，倾诉的是自己的苦恼。

蛮无奈的哦。

我想，可能很多人都寂寞吧？所以有人花钱买醉，有人独自开车蹚河流，有的人就东看看、西晃晃。可是，有什么用呢？就像冬季雪地上的篝火，离开之后感觉会更寒冷。都不知道自己曾拥有什么、不知道自己究竟想要什么，喧嚣之后的感觉，一定是更大的空白、更深的无奈、更黑的落寞吧？

此刻，不想下班的我，期期艾艾地仍然不想挪动身体。丫头们都按照部署到会场忙去了，早走晚走并没什么区别。而且，晶莹璀璨灯红酒绿之下，一个人走是寂寞，两个人走也寂寞……

好在明天端午节，我要回家了。放下一切负累，和亲爱的家人在一起，团聚赐我以无邪，亲情慰我以大真，一切不看不理不思不睬也就是了！

回家，我要回家，要不我不会好的了。

闺蜜说

斯斯

没有人能让所有的人满意。

有时做得越多错得越多，这便是无奈和变态。

bingxin

不用愤怒，不用哀伤！

——虽然这两点我也全做不到！

人生就是这样。

我们总是在世界的中心呼唤爱。

在你渴求某些东西时，偏偏将你扯远。你拥有时，是再也想不到会如此珍惜的。

好在幸福没飞走。

旧日的羽毛

下了一夜的雨，天气凉快了很多。这是我们等候多时的情境。

由于近一段时间天气太闷热，天气预报总是报明天阴转小雨但总是云儿压过、雨滴落过，匝地无痕，似是而非。所以这一场中等强阵雨让人身心畅快。

穿堂风在过厅里流动，落地扇静静地摇着头，缓缓地在这个北方比南方更热的环境里悄悄泛起风的涟漪。终于不用开空调了，阳历五月家里就开始用空调有种让人内疚的感觉，浪费能源，污染环境。

放假到五妹妹家共度端午佳节——虽然明天才是正日子，但是团聚的心情是一样的——一家人有老有小，在家做饭，在家吃饭，一起玩牌，一起谈笑。我们两对夫妻玩灌蛋，叔叔阿姨打麻将进花园，伉俪对垒，斗智斗勇，姐妹相争，连襟不让。大家庭节庆特有的热闹劲自然而然挥洒得非常充分，让我几次恍惚仿佛回到从前，仿佛爸爸妈妈还在身边。

下午从马鞍山回来，一路上时雨时晴。旸旸豆豆上午几次发微信叮嘱合肥大雨爸妈开车小心小心开车，心里就一直闪回“雨滂沱，雨滂沱”的画面，想父母和子女之间自然涌动的关切爱意惦记念想，心情也湿漉漉起来。

摄影_虞炤智

雨并没有滂沱，思念倒是滂沱泛滥起来。

又恢复到安静的日常生活中来了。我安安静静躺在沙发上看书。不知不觉几个小时过去了。想想明天端午节，坐起来给爸妈点一炷香。禀告他们我们都好。

明天接婆婆回家过节。

闺蜜说

斯斯

人生就是这样。

我们总是在世界的中心呼唤爱。

在你渴求某些东西时，偏偏将你扯远；你拥有时，是再也想不到会如此珍惜的。

好在幸福没飞走。

举目有亲朋

匆匆又一季，草木又一秋。端午节如期而至。

自从端午节作为法定休假的中国传统节日之一，这个节日回归了不少的传统和厚重色彩。

虽然没有小孩子闹着要用五色丝线缠裹迷你的五彩粽子投放江流，也没有划龙舟挂钟馗像，但由于门框上又插了药味香沉的艾子草，餐桌上又斟满了雄黄酒，于是似乎闻到了一点点小时候过端午节的特殊气息，产生了一些些关于过节、关于团聚的期待。

我是特别喜欢节日的一个人。我一贯认为，节日是先人积淀下来的快乐，就应该随心所欲快快乐乐热热闹闹度过。所以，无论是春节、元宵、端午、七夕、中秋、重阳、东至、元旦……只要是节庆，我的内心总是特别柔软、情感总是特别涌动。

所谓：世世代代亲人聚，岁岁年年中国节。虽然我并不喜欢喧天闹地、呼啸来去的那份嘈杂，但是仍然非常欣赏传统的过节方法——团聚、团圆。

若是“独剪菖蒲自酌酒”地过这个端午节，我还真能够想象那将是怎样的一番情景：不仅将加倍思亲，还极可能暗雨梅黄，伤心红帕，怅怅然望断长空一缕新蟾，天角寂寥！

呵呵，当真变成那个样子就相当不好了，完全辜负了上天赐予每个人的缘分。

不是说亲人是先人馈赠给我们的朋友，朋友是我们为自己寻觅的亲人吗？

亲朋对坐，盘丝系腕，即使无语，也是很安详美好的状态啊！

因为婆婆大人在我家小住，老人家喜欢清静，不喜欢出门，所以我们便哪里也不去，就在新家，说说话，小城旧事，唠唠嗑，故旧亲朋，过了一个清清净净的端午节。

因为日程的简单，所以时间显得充裕。难得在话题间隙的时候走一会神，懒洋洋地怀念娘家骨血至亲，念想外面知心朋友。什么春风夏雨秋月冬雪苦辣酸甜乐忧悲喜人间天上海角天涯什么的，自然而然慢镜头一样地在脑海里回旋不已。

好朋友给我发来一条信息，代表她和她的先生祝我节日愉快。她说——人群中的擦肩而过是十年修来的；彼此交流是百年修来的；成为朋友是千年修来的；能互信互重互助互爱互动是万年修来的。

说得真好，我好喜欢。为她的有情有义有心，又好好地感动感慨感喟了一番。

正如快乐喜宝转发信息所说，“人之相悉悉于品，人之相敬敬于德，人之相交交于情，人之相随随于义，人之相拥拥于礼，人之相信信于诚，人之相伴伴于爱，人之相处处于心”。希望这样的朋友长长久久多多益善（当然，多多益善是不可能的）。

吃过晚饭，陪婆婆上了楼顶阳台，在温煦的夕照下安静地坐了片刻。清风拂面，沐浴自然，心静身安。婆媳俩有一搭没一搭，说正在牵藤的葡萄树明年该有果实了吧？盛开的玫瑰不要剪插了，在花瓶里，很短时间就枯萎了，不如在枝头开的长久……

闺蜜说

倏尔小妖

我关了手机，在家睡觉读书看电视闲聊楼上楼下不穿鞋乱窜看着远处的楼宇发呆在栀子花香里沉醉……

斯斯

我在奔波 颇有收获

回家休息了一天 湿答答的天气

不舒服

小石头

端午节这天，在姐姐的陪同支持下，做了一个重大的决定！

独上西楼

端午节的前一天，我们自驾出行，沿着合铜黄高速公路往黄山岩寺丰乐湖畔的德懋堂进发。中途在太平下高速，在彩云土菜馆消消停停地吃了非常美味可口的特色农家饭，然后继续前行。与以往完全不同，我们不紧不慢地按标准中等速度前进，任由一辆辆不同型号、不同马力的车呼呼地超过我们，奔向前方。

我们就是度假来了，所以绝对不赶场！

德懋堂，一座清代徽州老房子，是徽州民居现代化和现代民居本土化的典范，位于华东地区海拔最高的湖泊景区丰乐湖畔，是黄山脚下、徽州府第极其珍贵的一方净土。它远离喧嚣、沉静温厚，恬淡从容，厅堂上悬挂着李鸿章题写的匾额，说明当年屋主不俗的身家地位。“德懋”二字，体现了古代徽州人对道德修养的重视，和崇尚勤勉、追求丰茂的美好理想。

打开德懋堂徽式别墅的木花格窗，除了脚下半山居石径上的路灯发出的橘黄色柔柔光线，外面是一望无际的黑暗。没有习惯的闪烁灯海，没有盈耳难拒的城市喧嚣。连晚饭后已经挂上半空的端午的月牙儿，也因为在楼的另一边而看不见那美丽的银弧。

天上根本没有一丝光亮。

但是，非常奇怪，不知道为什么，安静的乡村之夜其实充满丰沛的嘈杂，只是我不能够按照已有的知识或者习惯分辨出它们。

我站在那里往外面看，那路径和灯光都渐渐消失了。同时消失的还有那黑暗中极微弱的黄山山脉与天空的交际线。置换出现在面前的，是同样黑暗的乡村之夜，是淡淡星光映照下乡村土路上那坑坑洼洼深深浅浅的黑，以及丘陵地带的片片水田在暗夜中微弱的反光。那是宿松长岭铺，我曾经生活过的质朴的乡村。

据说在中国，每天都有若干座村庄在消失。快速城镇化意味着，作为中国文化基石的乡村生活正在迅速瓦解，我现在体验的，也不过是已经在当下生活中面目全非了的中国农村静夜图。

我没有忧郁也并不怀愁，相反，我很愉快地享受三天端阳假期，为什么会想起这些，我不知道。

难道端午是一个怀旧的日子吗？五彩粽，划龙舟，悬菖蒲，点雄黄……而我，独上西楼。

山花的清幽香气无处不在。青山依旧妩媚。

闺蜜说

倏尔小妖
前几日听到一句唐诗——独自闲行独自归。
你是：
独上西楼独为客，
独怜屐齿印苍苔，
独对山外一剪月，
独自闲行独无悲。

有了闲时，就有闲情

最近思绪飘得有点远，想写的东西也蛮多，有点打滑，刹不住。但是写起来很是累人，主要是心累。

接下来我想写我的外公，一个“坏男人”的故事。可是我需要他年轻时候的照片。妈妈说，外公风流倜傥时代的照片，一般都是穿着国民党军服的，从解放到“四清”到“文革”，今天销一点明天毁一点，最后没有一张留存下来。昨天回家找到几张他的三任妻子的照片，个个年轻貌美，风度迥异，但是因为是外公一直带在身边的，经历那么久远的颠沛流离，已经毁坏得很严重，不知道可不可以用了（要翻拍修补之后才知道），得等。于是决定今天放自己假。

下班的时候看到阿冰在写《戴安娜死亡之谜》的审读报告，想想转眼戴妃去世十年，香港回归十年，“文革”结束三十年，“反右”过去五十年。五十年沧海桑田，多少时光老去了呢。再一次觉得流年可怕。

不过有一件高兴的事让我产生幸福感。好友从虹桥机场的卖场发现了我寻找已久的特定牌子的日本清酒，专门打了包托运上飞机，为我买了来。这么寻找清酒，并不是有多么特别的意义，只是因为好几年前那一次吃正宗的日本料理特别合意，所谓好东西好朋友共享，所以记忆深刻。吃美食真的能让我感受人生的美好，这虽然听起来好笑，但是是真的。而且，对我而言，许多很细微的关爱和享受，都能让我

摄影 _ 远远

产生满足感和幸福感。有点无聊低幼吧？

喜欢的原因，还在于清酒本身的特别。清酒和我从小就喜欢的我妈妈酿制的米酒的气味很相近，淡淡的香香的，令人联想童年、家乡、新鲜的稻米。口味没有酒酿甜滑，颜色却比酒酿清定；口感有些些的涩，但是很正，有缓释的后劲，微醺的感觉持久。

喝清酒的形式我也喜欢，轻松无忌的，亲近和睦的，礼尚往来，各人用小小的圆底窄口陶盅，或自斟自饮或相互斟饮，很有文人君子的古风，亦可咀嚼深入表里的亲情爱情友情。

喝清酒，就是享受过程，享受的过程本身，便足以让人酩酊而归。我现在仅仅想象着，就有些陶醉了。

喜欢归喜欢，其实喝的次数寥寥。我难得提议去找清酒来喝，其实是怕复活不了那一特别的享受的风情。有一次曾作建议，结果朋友每不解就里，无所谓，只好算了。

好在现在有了补偿。我看着它质朴的包装，不知道邀谁共饮，不知道味道如何？

闷

什么也没做，哪里也没去
一个人呆呆地坐在办公室里等待黑夜的来临
就像生了一场大病
疲惫心灰意冷

极其坦诚的面对
实在伤人
所以冰曾说：关切，有时是问
有时候是不问

一桌子散乱的纸张
无方向乱线行走的蚂蚁
它们看得见我
我看不见它们

不知道今夜能不能恢复视力呢

心里着急得要命

明天要上交的报告

无处存身

太糊涂是病

太清醒也是病，更严重的病

LILI 口拈的四句真言——

记住该记住的，忘记该忘记的

改变能改变的，接受不能改变的

做得到吗

如果不行

就用自己的手掌，捂住自己的眼睛

没心没肺

绽放笑容

不看他人

浪漫总带一点血色

匆匆忙忙一周过去，那是上班时候的常态，感觉一周中的每一天就像幻灯播放似的，闪一帧过去了，闪一帧又过去了。

放假消消停停待在家里，一周时间也这样不知不觉一天天闪过去，感觉就有一点可怕了。

这几天在看电视剧《血色浪漫》，写的就是我们这一代人的青春，蹉跎、迷惘、青涩、挣扎，恍如隔世。那么遥远，那么苦难，仿佛重新历练了一回。

心情很复杂也很沉重。

“知识青年上山下乡”运动，对我们的上一辈人来说也许是家灾国难，对我们的下一代人而言就像天方夜谭，可对于我们，却是实实在在的青春。每个人的青春，无论多么贫瘠、多么平淡，都会有些心底的浪漫渴望。我们记住了很多幸福也忘记了很多痛苦，但身处那样一个癫狂的时代，酸甜苦辣的命运毕竟是难忘的经历。尤其对于以纯真和严肃、追求和思考为共性特色的那一代人而言，滑稽和凄苦在所难免。

我们青春的过程充满太多的焦虑和迷惘，无论如何称不上快乐，那时，青春的常态是寂寞。但年轻的血太热，我们不能容忍自己像虫子一样琐细平庸地生活，向往接触出类拔萃的人，想了解外面无法看到的世界。于是听外台、读禁书、谈恋爱，做一切能让生命快乐一点的事情，有的人为此付出了惨痛的代价。

时间是最最无情无义的东西。那时候同龄人被命运捉弄玩弄的无奈和苦涩，现在的阳光少年少女已经完全不知道、不关心，甚至不能理解了。他们不知道大饥饿，不知道什么叫“知识青年”，不知道自卫反击战。所谓拼搏和贡献，在历史的长河中看，有多少是有意义的呢？

太多的无谓和牺牲了。

可是生命是有度数的。李银河说：

“每一个生命都是有热度的，只不过冷热的程度有所不同。有的生命是炽热的，像一团熊熊燃烧的火；有的生命是冷清的，像一条静静流淌的小溪。

“每一个生命都是有浓度的，只不过浓淡的程度有所不同。有的生命是浓稠的，像一晚几乎翻搅不动的浓汤；有的生命是寡淡的，像一碗清水。

“每一个生命都是有密度的，只不过疏密的程度有所不同。有的生命是密度高的，它因此显得比较重；有的生命是密度低的，它因此显得比较轻。前者可以重如泰山，后者可以轻如鸿毛。”

我们希望自己是热度、浓度、密度较高的生命个体。在那个不确知结果的时代，对不确定的遭遇和环境，我们寄情于天地，跃跃欲试，东奔西突，伤痕累累，血渍斑斑。终于在“拨乱反正之际，母校重兴；春回大地之时，我辈俱来”（赵山林为安徽大学七七亭建成题联）。

可是，不能忘记，毕竟蹉跎了。

闺蜜说

少儿玲鸣
呆也呆过，傻也傻过，现在要考虑的是今后怎么过。
青春无悔。这句话怎么听都不舒服，就像听人唱歌跑了调。但是，悔也罢，不悔也罢，过去的就是过去了，我总是记得那些快乐的事情。

天蝎小猪
成长的代价，就是快乐像那青春时黑黢黢的头发，越长越少，最后成一秃瓢。我们追寻快乐的叫唤，也像小时候给女儿剃了光头后，她摸着光光的头哭着喊着要“我的毛呢”。
好吗？最近。忙赶北京订货会的书，贼傻。忙完去看你。念念。

斯斯
浪漫是调剂品
生活都没有保证的时候 压根忘记了何谓浪漫
忙碌的快要见血色了
痛恨却又无可奈何

菩提树下的梦
出生、成长于上一世纪的中国，并在此消耗掉人生许多时光，消磨掉几一半精气神儿，甚至消灭了肉体存在消亡了灵魂存在，是最大的不幸。却无可奈何。

摄影 _ 毕无非

逆忆

那是一座老旧的石桥，从桥面走过，脚下石块斑驳，桥身绿苔遍体。但是从驻足的特定角度看，在蒙蒙细雨之中，它变得非常美丽秀雅，像在中国水墨画里一样。

为你开的，也为我开的，或者只是到了季节自然而然茂盛生长的粉红的荷花，翠绿的荷叶，一朵朵，一片片。在陌生的池塘，在轻风中摇曳。

为了你的怀念，也为了我的。

沮丧的一刻

没有明确目的地出差,好像没有支架可供攀缘的葡萄藤,枝蔓杂芜。

到不想去的地方去,伴不愿意陪伴的人,看不耐看的脸。荒诞不经。

高速运转的车轮，摔下来的，也许不是该死的人，而是倒霉鬼。

明明知道是个套子，还得往里钻。

谁叫我们是套中人呢?

至少底线犹在。其他的不琢磨，不累自己。

以不变应万变，让别人去花心思，让别人去累!

干自己该干的活，忙都忙不过来呢，做有益的实际的事情。

不愿意冷眼看人，不相信生性无情，

可是，到底消减了我的回暖的信任 ;

败坏了心情。

怀念简单的关系、朴实的关切、由衷的热情……

可是我不擅记恨（苦恼），

这是我的软肋、我的痴心、我的蠢笨。

闺蜜说

仰望秋天
有一超级恐怖的片子，看得满影院的人都心慌慌，脸色煞白，不敢睁眼。
唯前排一人，瞪大眼睛，一动不动。
他不是胆大，
他是个智障儿。

我常常想，那些心机、盘算，真需要一样心思百转千回的“聪明人”方能心领神会啊。如果碰上个压根不懂这套的人，这力气不白使了？管他人怎么费力，我只做我自己，倒是最简单的解套方式。不知对否？

徐徐
所以说，会意只需要一个眼神。

拜山，参禅，分享

过节，长假，各自纷飞各自忙，网上异乎寻常的安静。

看着大家静默的黑白头像，心里很安详温暖，心情五色斑斓。

想想放假之前的超常忙碌，不敢想是怎么顶过来的。今天回到老家，守候在亲人当面，既是喘息，又是安慰，还能放心，感觉不错。

妈妈身边，小石头带着花花回来了；好了的病虽然没有我想象中恢复得好，却也一日一线地在进步。我们五姊妹，除了四子一家以及分身无术的青灿旸飞，可以说齐聚膝下。亲人团聚就像是在做有氧瑜伽，使我们节奏放缓下来，心情放松下来，身体柔软下来。感悟，人生的许多时候，目标和输赢并不是最重要的。

昨天在九华山留宿，专程上了天台和百岁宫，用心为亲人和挚友祈福求安。此刻的我，满心安宁，宽心过节。听禅参禅，记下一段禅语——

不争，元气不伤；不畏，智慧闪光；

不怒，百神和畅；不烦，心地清凉；

不求，不卑不亢；不执，可圆可方；

不妄，有礼有享；不扰，快乐健康。

胡思乱想

心理学的书上说人的心灵具有无穷的智慧、潜能和爱。可是，有多少智慧就可能有多少误区，有多少潜能也可能有多少空无，有多少爱更可能伴生多少失衡、迷惘、挣扎以及陷落。

为什么在生活中还是有那么多人前赴后继地关注人类心灵的智慧、潜能和爱呢？是崇高还是胆大？

心的思考模式与脑的思考模式不同。逻辑思维是线性运作模式，是智商开发；感性思维模式是多维性运作模式，是情商开发。如果情商和智商极端不匹配，那会是什么生态？

胡思乱想。

要出差了。怕只怕：举箸怀人，长足怀远。

闺蜜说

斯斯
事情似乎都是双重的
包括人性
出门小心 早点回来

倏尔小妖
有心，就有心魔。当然也有心神，可即使心神，也会心神不定。
再普通的一颗心，也有左心房右心房左心室右心室，一个一个隔离开的小空间，
住着的，是矛盾重重，但又如影随形，永远相生相伴。

摄影＿山水之间

旺恒

仅就“生态”感言（你说是胡思乱想，我就说是胡言乱语了，嘻嘻。）：

1. 生态跟模式无关。

2. 生者，鲜活也；态者，非唯一的鲜活组成并呈现也。

乖批了，谅。

对空气说话

刚刚从政务区回来，下午又得回政务区去。回来有回来的必要，去又有非去不可的理由。

我无言无语看着窗外，暗自好笑，我们在新旧两个办公楼之间折腾，感觉这就像我们漫漫人生的缩画，浪费了多少徒劳往返的生命成本。

手机出现了奇怪的故障，今天我已经反复多次对着话筒说这样的话：

对不起，我的手机突然有了问题。

我知道你能听见我，但是我听不见你。

如果你方便，请给我发信息；

如果你不方便，请允许我回去之后再和你联系。

就这样了，好吗？我非常抱歉。拜——

“拜”完我就挂机，干干脆脆，因为不可能有任何交流的气息。

单方面叙述，让我产生一种很滑稽的联想。你对着静默、对着空气、对着不动声色的对方表白你自己，却不知道对方的表情、态度以及决断。感觉非常不舒服。如果是生活出现这种状况，恐怕就不是不舒服这么简单，那会危险得多。就像孤单的生命在深浅莫测的黑洞中滑稽地盲行。你会遇上什么，你一无所知，并且无法自保。这种境遇，一定会令人不寒而栗。

幸亏我在阳光之下！

散会已经六点多，路途虽远，我还是得回九州大厦。因为手机修好了放在了办公室。

我们渐渐依赖上手机这个怪物了。没有了手机，感觉好像置身于初始蒙荒，一切变得陌生而疏远；好像与现代生活隔绝、与自我的世界隔绝，与同一物种隔绝。

不确定、不放心的忐忑，隐隐约约产生。好像随时会发生什么。

果然有好多条信息和未接电话。立刻群回道歉。这才恢复正常状态，长舒一口气。冰曾说：我们心甘情愿让手机吃掉自由与独立，让别人随时找到自己，也让恐慌孤单袭来的时候自己来得及求救。

自问：是这样的吗？

看来我是。我诚实地自答。

天色渐黑，她们在去芜湖的路上。

我望向窗外霓虹闪烁的街道，痴痴地想：出差虽然辛苦，但游走是一种幸福向往。

想流浪就流浪，想驻守就驻守，也是自由的一个高度，人生的一个高度。并不是谁想就能够得着的。

该回家了。

闺蜜说

倏尔小妖
你以为是一段独白，其实千里之外，或者咫尺之遥，有一个人静静听着，有一个人急切说着，有一个人瞪着手机看着……
孤单时候要记住，有人陪着你，尽管是各自孤单着。

琪 ** 申惠元 **
文人就是文人，感慨多，又能记录下来，让人看着还怪舒服的，多记多写吧。

天方夜谈
再次登录的时候，终于可以评论了，原来是电脑分辨率太低的缘故。文人的记录总是记录着某种思考，“该回家了”却是一种永远的主题。

天方夜谈
想想当时的情景，的确有些滑稽，不知道对方会是什么表情，如果真的能知道，那一定会形色各异，让你笑个不停！

再一次离开

人的一生会经历多少次不同形式的离开？有的时间很短，有的时间很长。

在人生的驿路的意义上，有时候我们彼此很平常地礼貌地道别，其实就是一方的离开。意味着生命已经打过最后一次照面。从今而往，留守的人只能目送。

离开不是永别，但在那个时刻你会明白，司空见惯习以为常的一切不再是恒定如前的了。有的人来了，有的人走了，来的人也许还会再来，走的人终归是走了。

有生之年，应该只诉温暖；

茶味渐醇，心思安然。

血脉之间，应该不言离殇；

默然相爱，波澜不惊。

应该时光越老，人心越淡。

可以山水辽阔，可以四顾及野。

梦想中生活：有花，有天空，有可以眺远的期许。

可是面对再一次离开，半声叹息，悄然回咽——

半生花开，半世花谢。

新蕊初绽，红紫成尘。

都是时间的过客，

情感也是，亲缘也是。

不变的是，生命驿站，

繁花孤雪，素面红颜。

闺蜜说

倏尔小妖

读至“茶味渐醇，心思安然”，不由得在心里默默对曰：“安得促席，说彼平生”。

雁过沐阳

接受在一起的平安，也接受不在一起的平安。

接受别人离开自己的生命，也接受自己离开别人的生命。

摄影 _ 高新

秋之盲思（附二首）

身处城市，虽然与大自然有所隔膜，看不见雁阵、听不见虫鸣，可是秋的来临，还是在路边窗外枝枝叶叶的一脉一经中呈现，让人有知有觉有感。

善感细腻的小妖说“青春是一本太仓促的书”。其实，生命何尝不是的？爱情何尝不是呢？所有宝贵的东西，不都是倏忽在握倏忽消失的吗？所以，才更要好好珍惜、好好把握啊！

或者，不要入秋呢？

倘若当真如此，春花之郁郁、夏月之朗朗、冬雪之皑皑，四季的多少美景美食美意都会一并随之消失使人无福消受了！那样枯燥、干涩、单调的人生，是我们真正想要的吗？

不是吧？

所以，还是该冷的时候就冷，该热的时候就热；万物万事该怎么轮回就让它怎么轮回往复吧！伤春悲秋固然难免，那也是因为生命太美丽的缘故啊！

（一）

秋天秋地秋日长，
秋风秋雨扣秋窗。
夏热未消伏未尽，
何以夜半觉秋凉？

（二）

秋云秋月秋雁飞，
秋荷秋树映秋水。
斑红已疏醉已去，
倘如经年谢秋洄？

闺蜜说

悬崖上的风
喜欢秋天，也喜欢伤春悲秋的多情女子，因为那样细腻的伤感意味着对生命的热爱和留恋，是最动人的真性情真情感……

中秋无月夜

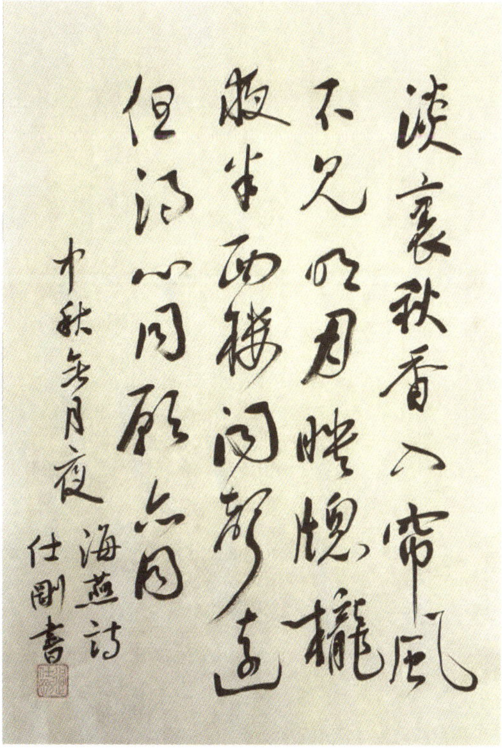

过仕刚手书诗笺

淡裛秋香入帘风，

不见明月映窗栊。

夜半西楼闻声远，

但得心同愿亦同。

夜宿太平湖畔

因为比较晚了，到太平和阿齐会合的时候已经六点半。反正是休息，天色也已经昏暗，所以在游船上吃了饭之后，听齐的话我们在太平住下来。

随缘自有随缘的收获。酒店景色不错。推开客厅的窗，就是太平湖的水。只是我们到达有点晚，万绿千红的春色变成了黑白两色的剪影，别致是独有的别致，但与清澈的湖水，只有明晨相会。

该是农历十二三了吧？天上是大半轮饱满的月，银辉泛泛，星辰寥寥。窗外湖面上黑黢黢一片，因为休湖（4~9 月），以往像繁星一样的渔舟灯光，如今也桨停灯息，不见半点。我们背靠灯火，面朝寂寥，体会自然的原生态，心情无所寄、无所托、无可名状，自由驰骋着泛起涟漪。

凌晨躺在床上，该可以聆听天籁，只闻鸟鸣，别无其他吧？

太安静的环境，太容易想象无限。

闺蜜说

海那边
可以想象，万籁俱寂的时候人是多么的渺小！宇宙之间一芥子啊！
在山水之间让心情好好荡漾

仰望秋天的云
舟遥遥以轻飏，风飘飘而吹衣。

千里清秋

摄影_小妖

戊子，法定第一个中秋小长假。想婆婆、母亲都孤身在家，于是我们自己开车，三天里巢湖安庆两边拜望。

农历十四天气还好，但是将受台风影响，不知道十五怎么样。

千里清秋千月明，
浅醉已醒愁未醒。
为免高堂忆白发，
笑掩萧索两地行。

只祷高高天边月，
怜我秋心怜我情。
此生此日长晴好，
也无孤冷也无阴。

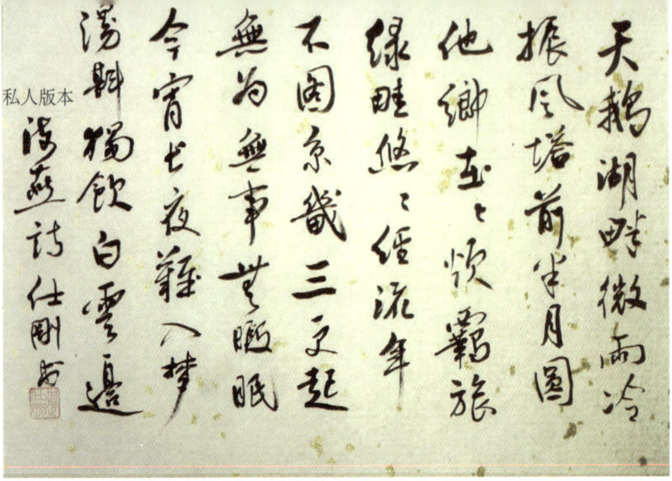

过仕刚手书诗笺

乙未冬节

天鹅湖畔微雨冷，振风塔前半月圆。

他乡在在烦羁旅，绿畦悠悠经流年。

不图京畿三更起，无为无事无暇眠。

今宵长夜难入梦，漫斟独饮白云边。

步叶斌《眉头·心头》（428）诗韵

湘江微雨冷，岳麓更巍然。

身躯烦羁旅，心态顺流年。

有利三更起，无为整日眠。

今宵谁入梦，且问白云边。

离魂

冬天的枯叶落在天鹅湖畔的草坪上，石径上。在路上走动的时候，总能听见脚下发出的窸窸窣窣的声音。

一听见这种声音，我的思绪总能穿越时间和空间的围囿，自由而散漫地游荡。

我很享受这种离魂的快乐，随想的快乐。加上全天闷在大厦之内计算机之前，眼涩气闷腰酸心慌，所以我每天总想抽出一次间隙，跑出去做一次心灵瑜伽。

一到浓冬，人的眼睛仿佛比从前更透明了，心思也似乎更透彻清亮。那是一种与春天夏天秋天完全不可比拟的教人无处藏躲的透明清澈。有时，我无意间仿佛探索些什么似的盯住一个物体或追寻一个想法时，会产生一种古怪的心情，很直接，很洞察，觉得又寂寞又无奈又欣慰。

我同时还觉得自己很可笑地饱满地在泛爱。爱家人、爱朋友、老吾老以及人之老、幼吾幼以及人之幼。可惜的是，姊妹所要的也不是我的温暖，而是父母的；朋友所要的并不是我的拥抱，可能是某个人的。我因此而觉着有些愧疚，为什么自己只是自己。

我继续过着自己非常平静的生活。由于太平静了，常常会觉得这里好像不是一个真实的世界。

集团公司正在开年终述职大会，《时代发现》明天上午汇报。今天我一边听会，过去几乎未曾想起的一些事情，冬日散步时的浮光掠影，居然纷至沓来地浮上脑海。有一些心神荡漾，有一丝丝凄楚。

闺蜜说

Fox

谁说不要你的温暖和拥抱？你的笑对我很重要……

摄影 _ 山水之间

自舞自徘徊

习惯了挂在网上各人各自忙；

习惯了不经意抬头就能看到对方的笑脸（自定义头像）；

习惯了怕人打扰而深海潜水；

可是由于丫头们的集体沉默，我居然改变了工作习惯。

习惯是一种不可以用好或者不好来形容的东西。

我习惯了上班之后就打开电脑，先看邮件，再看急件，然后隐身。

习惯了看到朋友们一个一个登陆，露出各自的个性签名、个性图像。

偶尔抬头看到大家“忙碌中”“暂时离开”“在线”的状态，

我专心致志干活，并且享受不被打扰的安宁。

出差是别无选择的事情，出差吧，远行吧；集体沉默；

我慢慢体会目光无处可投的空茫。

习惯开始对我的行为发射渐强渐大的控制信号；

不知不觉，干扰了思绪、干扰了节奏；

一切隐隐约约不同往常。

摄影 _ 高新

回想起来，

看到温暖的图像，就像感受对视、感受想望、感受守候；

有同歌同舞、同舟共济的依靠扶持。

习惯了这种特殊的温情牵挂，下意识里，

已经非常拒绝拒人千里的黑色的面孔。

虽然知道那只不过是在线与否的标识。

懂得道理不一定就能排解干扰；

人最不容易说服的就是自己的心。

哪怕出去办事回来再晚我也会看一看大家在还是不在，

仍旧的不熨帖、不踏实、不舒服；

强迫症般制造着被遗忘的错觉。

我一边呐喊着“唯有自救”，

一边咀嚼自舞自徘徊的孤清。

今天，我讶异自己上线就露出了温暖彩色的图式；

从习惯的行为模式中破城而出并且呼唤，

真的想要——

先生们摘下墨镜、女孩们撩起面纱；

真诚直接的笑容才能维系彼此的关爱、相互的友情。

世界如此繁华而荒寂，大家都不要傲慢吧！

每人施与一点点，人人就能“面朝大海，春暖花开”。

闺蜜说

斯斯

傲慢是心虚的另一种表现

我们回来啦集体出差后的回归

面如菜色的回归

小石头

上线露出温暖的色彩能够让我们感受彼此

可忙于工作和出门办事无暇回复消息时

还是请选择“忙碌中”“暂时离开”或干脆隐身吧

徜徉林间的风

这是我们的工作平台，都失联，怪吓人的。

菩提树下的梦

我思念，故我在！

腊月十五的妖月

加班回来的路上，人懒懒的软软的，开着车沿着包河公园环城马路自西往东慢慢行驶。

拐过弯，刚刚升起的月亮扑面而现悬在眼前，那么大，那么圆，非常罕见的特别大，特别圆，不禁又欣喜、又震撼，人一下子振奋起来。

摇下车窗。空气清澈、冷冽而新鲜，没有微尘，干干净净。一扫近一个阶段的阴沉雾霭。

在月光的辉映下，世界显得非常美丽安宁。月明星稀，这句小学中文水平的人都具有的概念，今晚却是以这样的好景色好时光，补充了形象思维的不足——非常稀少的星星，却是像钻石一样，一颗颗异乎寻常地明亮耀眼。

今天是什么日子呢？月亮美得近乎妖。

回到家就翻看挂历，才知道今天是腊月十五。

不是说十五的月亮十六圆吗？正月十五、八月十五的月亮都没这么圆，为什么腊月十五独特呢？

这么完美的月亮不知道预示着什么？不知道在这样天罗罩一样的

冷光亮之下，即使没有雄黄酒没有干红没有清酒，牛鬼蛇神魑魅魍魉哪一种妖怪要不要变身呢？

这样的月光，真让人美若登仙。

舍不得独享，发信息邀请诸位资深资浅的美眉闺蜜在繁忙纷扰中拨冗三五分钟，放下杯盏、度出廊宇，举举贵头，和我一起共赏明月。

闺蜜说

小石头
感觉正确，昨晚看到电视报道中说：
那日的月亮距地球的距离较平时近多少多少（具体多少不记得了），所以人们所见的月亮比往常大（好像说是五分之二）。

小妖
那晚更早些时候，大约下午五点多一点，我也在自西向东的车上。前面是刚刚跃出地平线的微黄的一轮圆月，后面是挂在远处楼宇边的犹自嫣红的太阳。若东南西北，团团围满了各个大大圆圆的行星该多好！希望水王冥王海王都能离我们再近一点！希望在前方某个路口，邂逅一个外星来客。

雁过沐阳
据说 2009 年 1 月 10 日，月亮距离地球最近。

持续恍惚中

仿佛牵扯着母亲的衣角，放心地不思不想，亦步亦趋
依稀漂浮在异度空间，没有方向却馥郁满怀
从蒙眬中惊起，才知道是白日一梦
持续恍惚中，咀嚼甜美，咀嚼温柔
让自己沉落淹没，这样告诉自己
给自己一点空间，自私自由，感受快乐
暂时脱离现实、脱离工作
不去想逝水流年，短不短暂，永不永远
知道父亲母亲到了马鞍山，
恨不能振羽飞去与他们相见
既然不愿意思考，不如退回去，单纯地做母亲的女儿
可是我没有办法行走
想掐出自己的尖叫来
因为在正常状态下，我不会这样做

曾经青涩的笑颜

岁月流水，人生驿栈。

又有一个人将要登程。

站在这一程的边缘，目送她们将在似锦烟花中从容转身，心中始终有一分明白，

并肩是个过程，今天如此，历来如此。

但内心深处仍然惜别。

山青水绿还依旧，叹人生青春难又。

直至今天，还保留着这条短信息；

还有送别礼物——君子兰花开；

“或可原谅时光催人的罪？

与君子萍水相逢，即便走到下一程，

回忆也历久弥香，优雅如兰。

相交暖如春水。

你布施的美好，此生珍藏。”

即使瞬乎如月光泻地——

还是会有印记、心痕?

感谢有缘共事同仁，感谢曾经!

“也许不会再看见

分手时微黄色的天

有些人注定不会再见

那些曾青涩的脸

那些流逝的青春……”

摄影 _ 虞焰智

青春如鞭

到北京出差，抽空去看望在北京广播电视学院（现在已经更名为中国传媒大学）读书的侄女，被“青春”狠狠撞了一个趔趄。

侄女灿儿是一个既精灵又漂亮的女孩，身材苗条高挑，皮肤紧致细密，面庞清秀，目光水灵，可谓要什么有什么，是我兄嫂的珍爱，也是我们这些当姑姑的骄傲。

进入北广，目光所及，来来往往一色的俊男靓女，才子们玉树临风，才女们婀娜多姿，着实养目养神，让人喜欢。无论是沸沸扬扬的快乐、飞扬跋扈的傲慢，还是心思灵动的乖巧、聪明伶俐的顽皮，全都顾盼生姿、自然感性、魅力四射。即使相貌平常一些的，也因为青春本身的光芒而显得十分可人可爱。

只有一个青春伙伴就足以让人赏心悦目、心情大好了，陡然进入美女如云的境地，感受一种集合的英姿朝气，一种巨大的冲击力和震撼力扑面而至，实实让人一时喘不过气来。

我们这一帮女人，一个个都非常自信。我们形象不差、家庭美满，受过高等教育，从事自己喜爱的职业，生活状态一直不错。挺胸扬眉，娉婷有姿，心理上并不惧怕青春日渐遗落，日常各自依旧神采飞扬。我们的风情，有一点像爵士乐里的柔情，丝丝缕缕，余音绕梁，有淡淡的年华逝去的忧郁情调，又有绵绵的让快乐延续的感觉。我们不像年轻女孩那样高高在上，但成熟和可亲渗透在骨子里。生有生的新鲜，熟有熟的饱满，这一直是我们依旧感觉生命力旺盛的原因。

但是今天，我突然感慨大江东去，年华逝水，青春如鞭，抽得人生疼。

现在正播放一则广告词，典型地表现了青春的霸气和犀利："年轻，没有什么不可以！"说得那么锋芒毕露、理直气壮、不可一世，一听见就感觉不舒服。为什么会不舒服呢？想一想，还是因为潜意识里承认自己不再年轻吧？广告只不过叙述了一种真实的生存状态，年轻是没有什么不可以想、不可以做、不可以达到的。年轻不必害怕失败，失败了可以重新再来，他们有时间，他们输得起，只要他们奋斗，成长的过程中，能力会有的、经验会有的、一切都会有的！

人都有老的时候，这是自然规律，时间总是流动，岁月总要老去。缓慢的剥蚀让人觉得顺理成章，那是因为接受起来比较自然；突然的觉悟之所以有一点痛，正是因其突兀，让人沮丧、失去方向感。其实，和缓也罢突兀也罢，结果都是一样的，每个人也都明白。人生本来就是这样无奈，新陈代谢、新桃旧符、一代人催一代老，这是生命的内容，不必过于激愤。

人生是一道风景，心还在，梦就在，每一个年龄阶段都有其独特的魅力所在：你娇媚动人，我优雅大方，她雍容慈祥；你才气勃发，我智慧游刃，她心闲气定。美丽的色彩不会彼此淹没也不会彼此取代。生命是一部大书，你不必全读懂了再去欣赏。许多事情，永远没有道理可讲。你觉得自在、你觉得年轻、你觉得美，那就够了！

青春如鞭，世界因此而美丽不绝，耳目常新。

后记

吕冰心

我延宕了许久，迟迟交不出这篇稿子。那种感觉，一方面是“近情情怯”，心中一片茫然，不知怎样开头，怎样铺展，怎样收尾；另一方面是往事呼啸涌来，每一片段都弥足珍贵，不知该如何取舍。

元代曲家贯酸斋写过一首《清江引·惜别》：“若还与他相见时，道个真传示：不是不修书，不是无才思，绕清江，买不得天样纸。”

对我来说，我试图呈现的那些回忆与感触，何尝不是“天样纸”方能写尽？！

无数次，当我一边堵在上下班车流中缓缓移进，一边因这部书稿萦怀而陷入无边往事。

这是一部上个世纪普通中国人的个人记忆史，以私人札记的形式，记述了自民国至当下近百年的时间跨度里，娘家的故事、女人的故事和她自己的故事，以通透纯明的心，饱含深情又节制含蓄的笔触，与我们分享生命中的暑热寒凉，又以独有的灵性与洞察，“写出生命里的暗与光……写出那况味的热与凉”。

这是一部回忆之书，更何况作者是我亲近之人，书里的大多数人物我也都认识，即使是“如有雷同，纯属巧合”的她人故事中，我也能辨出那些依稀仿佛的身影。也因此，每一个故事像一扇门，门外，是时光之原，芳草萋萋，晴川历历，处处皆让人徘徊、兴叹、感怀、联想……

我曾着迷于“外公的故事”——这个故事中任一条线索拎出来，都可以撑起一部八点档热播剧。

外公白手起家，十几年光阴，三十多岁时就任职国民党电台台长，坐拥当时省城安庆名噪一时的大华饭店，还因爱玩票而一手创建了安庆第一家京剧团。这是财富英雄、野心家和梦想家的故事，永远不乏拥趸。

外公与安庆富裕小康人家的大小姐结缡，育有一女之后，又在岳母与妻子的支持下，娶了妻子正当韶龄的妹妹；与此同时，与京剧女演员霞姑结下情缘。在一夫一妻多妾制度中，他曾尽享齐人之福拥有三美；在一夫一妻制度下，却必须面对抉择，舍弃谁，又与谁终老？无论怎样，都是一边郎情妾意花好月圆，一边独自向隅斯人憔悴。这何尝不是一锅乱炖的爱情 + 宅斗 + 伦理剧？

当命运风暴来袭，忽喇喇大厦将倾，江城繁盛一时的大华饭店风流云散，依附而来的亲友各奔东西，三层白色洋楼充公，一夜间从锦衣玉食到节衣缩食。这种戏剧冲突激烈、人物大起大落的故事难道不是常演不衰的题材？

所以说，这虽然是一部真正的私人版本，但历史纵深那么长，一经与特定时代的公众记忆相重合，因此有了超越私人的意义。

但让我着迷的，不是故事本身，而是这个故事的讲述方式。

何以如此深邃和复杂的故事，以如此清浅克制的方式来讲述？那些困顿与悲凉、挣扎与酸苦、黑暗与邪恶，都在故事中隐去。不见生活的泥沙俱下，只有命运的静水深流。

我曾经推演，如果换成是我，我能不能把家族几代人的命运遭际，说得如此哀而不伤、无怨无憎；不见沟壑之险，只有山岚之美？会不会指责人性经不住考验，情感禁不起欲望的侵蚀，善意和爱意在世界的深不可测与人性的深不可言之前脆弱而轻飘。就像毛姆说的："我不知道真挚中含有多少做作，高尚中蕴藏着多少卑鄙。"

困惑许久，忽然明白——取舍之间最见功力，用力的写法反而落了下乘。

周易上说，上九是白贲，无咎，贲是草木繁生锦色斑斓，白贲是纷繁中在世不染，是不矫饰，是复得返自然。这种真纯简单是大道至简，需出于天性，天性中对美的敏感与热爱，对生命的理解和尊重。

从祖父、外公、太婆婆，到父亲、母亲，在"娘家的故事"中，你会发现一个家族的气质密码：他们总是生机勃勃，有自己喜欢的事情；他们倾注心力于日常生活，体会细小的欢乐，微笑和琐事累积起来，日后再回忆就会有幸福感。他们不纠结于过去，不自怜自伤，容得下生命的不完美，忍得下命运的颠簸甚至颠覆。他们乐观开朗，即使困厄，也让心灵向阳。

这也是我认识的“徐社”（这个称呼，源于她曾任安徽文艺出版社副社长）。她是我这辈子最想成为的样子。自从认识她，才明白什么是“宜喜宜嗔”。笑起来春风盈面；生气也不过三两分钟，就迅速忘了；偶尔发脾气，也有着“晴天落白雨”似的明亮生动。

她待人至诚而谦和，又有着极好的分寸感。她教会我与道不同的人存异求同，不妨共事，不可同舟。骨子里，她有着精神洁癖或者说书生意气，“世界万千变化，我只与声气相投的人交往”。

她喜欢一切美的事物，“欣逢三杯酒美，况遇一朵花新”，也因此，而常常被打动、感染，生发出无穷快乐。我难以忘记某个夏末的傍晚，我们一同加班后，我索性去她家蹭饭。陈盏于露台上，三两丛玫瑰，七八点星子。一碗中午炖的骨头汤、一份小区门口卤味摊上的烧鸡，喜爱清酒的她拿出了珍藏的“纯米大吟酿”，马卡龙色的薄薄磨砂酒瓶美得我们俩都舍不得打开了。那晚的酒是我喝过最美的酒。那时暑意未消，熏风欲醉，我至今怀念。

人与人之间的排斥与接纳、疏离与亲密，有人归之于缘分，其实，没有那么神秘。别人就像一面镜子，通过他/她你可以看见自己的灵魂，遇上她，我就像遇上更好的自己。

是谁曾说过：丰盈之心，抵达光明；荒芜之心，唯见荒芜。人的力量、毅力与对未来的期许，永远来自于内心。一颗丰盈、自由的心灵，能够带给这世界无限的光明与希望。

她让我想起米沃什的《礼物》：

如此幸福的一天。

雾一早就散了，我在花园里干活。

蜂鸟停在忍冬花上。

这世上没有一样东西我想占有。

我知道没有一个人值得我羡慕。

任何我曾遭受的不幸，我都已忘记。

想到故我今我同为一人并不使我难为情。

在我身上没有痛苦。

直起腰来，我望见蓝色的大海和帆影。

谨以此记。

徐海燕 〉

时代出版传媒编审，作家，合肥市作协副主席、安徽省作协理事。

履历简单：正职编辑，兼职写作。从进入安徽大学中文系就想当作家，自跨出学校大门就做编辑。兴至漫笔，闲来著书，出版有《岁月如茶》《渴盼》《阴极障碍》（与泽湘合著）等多部作品，散文、报告文学、文学评论散见于报刊杂志及选集。

图书在版编目（CIP）数据

私人版本 / 徐海燕著. -- 北京 : 北京时代华文书局, 2017.2
ISBN 978-7-5699-1374-3

Ⅰ. ①私… Ⅱ. ①徐… Ⅲ. ①随笔－作品集－中国－当代 Ⅳ. ① I267.1

中国版本图书馆 CIP 数据核字（2017）第 001390 号

私 人 版 本

SIREN BANBEN

著　　者 | 徐海燕

出 版 人 | 王训海
责任编辑 | 袁思远
装帧设计 | 程　慧
责任印制 | 刘　银　范玉洁

出版发行 | 北京时代华文书局 http://www.bjsdsj.com.cn
北京市东城区安定门外大街 136 号皇城国际大厦 A 座 8 楼
邮编：100011　电话：010 - 64267955　64267677
印　　刷 | 北京顺诚彩色印刷有限公司　010-69499689
（如发现印装质量问题，请与印刷厂联系调换）
开　　本 | 880mm×1230mm　1/32　印　　张 | 10.5　字　　数 | 230 千字
版　　次 | 2017 年 3 月第 1 版　印　　次 | 2017 年 3 月第 1 次印刷
书　　号 | ISBN 978-7-5699-1374-3
定　　价 | 69.00 元